食いしん坊エルフ

なっとうごはん

イラスト◆らむ屋

TOブックス

目次

イラスト●らむ屋
デザイン●木村デザイン・ラボ

朝食　森の中のエルフ幼女

我輩はエルフである。

名はまだ無い。

現在わかっているのは、森の中にただ一人、全裸で寝ていたということ。そして、自分がエルフという種族であることだ。

何故このような状況で冷静にいられるかというと、自分にはある記憶があったからだ。

前世の記憶。

いわゆる、ファンタジー物……特に冒険物が大好きで、よくネット小説を読んでいた記憶がある。

読むのは異世界転生もの、特にエルフに転生する小説をよく読んだ。そこに登場するエルフという種族は、器量が良く魔法も使え弓の扱いにも長けている。まさに、自分の理想とも言える種族であった。それが今の自分である。

ただ、少し問題が発生した。近くに偶然あった水溜りで、自分の容姿を見た時のことだ。

小さな体……いわゆる幼児である。出るところも、引っ込むところもないつまらない体。幼い顔には人間にありえないほど、大きく長い耳がくっついている。それは、大き過ぎて少し垂れていた。

更に、プラチナブロンドの癖のない長い髪に……ごん太《ぶと》まゆ毛。

まゆ毛太いなぁ。某総理大臣並みに太いぞこれ？

でもって……かなり眠たそうな眼、いわゆるジト目というやつが、顔に付いていた。

まつ毛は長い。そのせいで、より眠たげな眼に見えるのだろう。鼻立ちも唇も絶妙な形で整っているのに、眼だけが気に入らなかった。

いや別にそれはいい。重要なことじゃない。自分が幼い子供になってることも、まぁ……許容範囲である。問題は……、

「おうふ……息子が失踪したぉ」

そう、アレが無い。

男の象徴、ゾウさんとも、マンモスとも呼ばれるアレがなくなっていた。

現在股間には、かつてあった逞《たくま》しいマグナムが消滅しており、代わりに女の子の部分が当然の権利のごとく鎮座していた。

そう、記憶の自分は男である。

それも、独身の三十代……ニートじゃないよ？　仕事は、ちゃんとしてたからね！

よくあるニート転生じゃありませんよ!?　俺は心の中で叫んでいた。

ハアハア……落ち着け自分。まだ、慌てる時間じゃない。

自分が幼女になって動揺したが、重要なのはそこじゃない。どうして自分がこうなっているかだ。

そもそも仕事が終わって家に帰り、いつもどおりパソコンを立ち上げ……ネット小説をニヤニヤ読みながら大好きなウィンナーを一口。

もちろん、ウィンナーはボイルしてある。俺は、この食べ方がとても大好きだった。

パリッとした皮をかみ切ると、中から熱さと旨《うま》みを含んだ汁が、ジュワッと口に広がる。間髪入れずにキンキンに冷えたビールをグイッと喉に流し込む。

これが美味い！　そして再び、ウィンナーへと手を伸ばす……この繰り返しだ。

おっと、話がそれた。

とにかく、ウィンナーとビールをやっつけていたはずの自分が、気付けばこの有様だ。お約束の女神様も出てこなければ、偉そうな賢者様も出てこない。洋ゲーよろしく、投げっぱなしジャーマンであ～る。

「どうしてこうなった？」

ため息と共にぐぅ、と腹の虫が鳴く。

現状だれも頼りにできない以上、自分でなんとかするしかない。

せめて、チートスキル等があれば話は別だが……期待はできない。

とにかく今は食料の確保、及び飲料水の発見を第一目標に定め行動する。

「あとは……服が欲しい」

流石《さすが》に全裸は恥ずかしいのである。ぽっ……。

だいたい一時間後。奇跡的に、綺麗な川と食べられそうな木の実を発見し確保する。

たぶん、運をかなり消耗した気がする……がっでむ。

とりあえず先程から急かす腹の虫を黙らせるため、木の実を食べる。ピンク色をした、桃に似た木の実だ。

シャクッと、一口かじり味を確かめる。瑞々しい果汁、味は正しく桃。甘くて美味しい。硬いのは、採れたて……だからだろうか？　歯応えバッチリである。

空腹も手伝ってか、無我夢中で食べた。

シャク、シャクシャク！　ムグムグ……ゴクン！　ゲフゥ。

一つ食べきれば腹は満たされた。続けて川の水を飲む。冷たい水は、甘ったるくなった口を、サッパリさせてくれる。ゴクゴク……。

「見事に水腹《みずばら》だな……」

タプタプになった腹を見て苦笑。固形物……特に、肉が食いたいと思った。

やがて、日は沈み夜になる。

この時間帯は危険だ。大抵の肉食獣が活発に動き出す時間である。今の自分では満足に火すら起こせない。身を守る術がないのだ。

さて、どうするか？　俺は、知恵を絞って考えてみた。

案一、木の上に逃げる……ダメだ登れん。

案二、武器で戦う……武器ないじゃん。

案三、逃げる……すぐ追いつかれるじゃん。

案四、隠れる……これが一番妥当だが。

……はっ！　俺は『ティン』ときた！　エルフとくれば……魔法があるじゃないか!?

きたっ！　魔法きたっ！　これで勝つるっ!!　……で、魔法はどう使うのよ？

「…………………」

どしゃあぁぁぁぁ!!

盛大な音を立て、崩れ落ちる俺。

「ちっくしょうめぇぇぇぇぇぇっ!!」

……オワタ。俺オワタ。俗に言う詰みってやつである。ちくせう。

「ぬわぁぁぁぁん！　人生嫌になっちゃいますよぅ！」

もう開き直って、その場に大の字になって寝ることにした。人生、諦めが肝心だ！

あ、土の上は痛いから、やっぱり草の上で寝よう。そうしよう。

「今後のことは、生き残ったら考えよう……ふきゅん」

こうして異世界転生一日目は幕を閉じる。色々とあり過ぎて疲れた。そして、生きて日の目を拝めますように……。

……おやすみ。ぐぅぐぅ。


翌日……無事にお日様を拝むことができた。

「うおぉぉ……俺は生きているぅ！」

なんとか生きて次の日を迎えた俺は、本格的に現状を打破すべく考えていた。

まずは、身を守る力を手に入れること。幸い季節は初夏に差しかかるところだろうか？　暖かかったので、全裸でもヘッチャラだった。でも服は欲しい……。

だって、今はおんにゃの子だもの！　うふん！

そんなことを考えていたが……ふと気付く。俺にどれだけ、男だった時の記憶が残っているのか。

よし、飯を食べながら思い出そう。何か、役に立つ記憶があるかもしれない。

低い位置にある桃っぽい木の実をもいで……一口ほおばる。

ほどよい甘みが癖になる。でも、これだけだとさみしぃなぁ。

「ふぅ……この木の実がなかったらヤバかったな」

周りを見渡しても木の実が生っているのは、この木一本だけであった。大切に食べなければ。

シャクッ！　んぐんぐ……ゴクン！　ゲップ。

それでは早速……色々と思い出してみよう。さぁて、まずは……自分の名前だ。

俺は目を閉じ、記憶を呼び起こしてみた。…………ぐぅぐぅ。すやすや。

……いかん、寝るな!!　早く思い出すんだ。

「…………!?」

なん……だと……!?　思い出せないだと……バカな!?

では、仕事はどうだ……？　いかん、これも駄目か……ぬわぁぜだっ!?

肝心な部分に、靄がかかったようになっていて……わからない！　でも、ニートじゃないのは確かだ！　……本当だよ（震え声）。

では、趣味はどうだろうか？　趣味は……ネット小説を読むこと。

小説の内容は……無いよぅ（汗）。

ネット小説を読んでいたことはわかったが、肝心の内容が思い出せない……のだが、漠然と設定やら世界観は思い出せる。要は……記憶が虫食い状態なのだ。チートやら、ＴＳやら、普通の知識程度は思い出せる。

だが……役に立ちそうな記憶がゴッソリ抜けている。

「おおおおお、おちちちちつけけけけけけっ！」

まだ……なんとかナルハズダ！

「はあはあ……」

もう一口、桃っぽいのをほおばる。シャク……んぐんぐ。

おまえだけだよ、俺を癒してくれるのは……おーけー。転生前の記憶は、ほとんど役に立たないことが判明した。……しょんぼり。

まいったな、どうしたもんかな……むう。

手をにぎにぎしながら……昨日気になっていた魔法について考える。

普通、魔法って詠唱して……発動なんだよな？　違うやり方もあるけど。

よく読む小説の主人公は、いきなり無詠唱で魔法を発動とかしてるが……俺は無理そうだよなあ……。

何か……間違って出ないかな？　ちょっと期待してしまってる自分がいる。

魔法が使えるなんて、ワクワクするじゃないか！　よし試してみよう！

でも、どうやって……？　考えるな！　感じろ！　って、じっちゃんも言ってた……気がする。

紅葉みたいに小さくなった手を突き出し、気合を入れる……。

すると、手に光が集まる！　徐々に大きくなる光に、俺は興奮を隠せなかった。

「おおっ！　きたっ！　いいぞ！」

目が眩《くら》むほどの光が収束した後……その光からポトリ……と、ピンク色の木の実が地面に落ちた。

俺の足元に転がっているそれを見て、呆然とする。

「はへ？」

今まさに自分の食べている桃っぽい物と同じである。現在持っている食べかけの木の実ではない。別の新しい木の実である。

その証拠に、その木の実には……俺がかじった跡はまったくなかったからだ。

「も……もう一回！」

先程と同じように、ポトリと木の実が地面に落ちた。まだだっ！　まだ終わらんよ！

更に試す。何度でも、何度でも……。

……あれから何度も試したが、結果は同じ桃っぽいのが十個ほど、足元に転がっていた。現実は残酷である。しょんぼり。

「おうふ……」

正直、なんじゃこりゃぁぁぁぁぁぁぁっ!?　……である。

何なんだろうかこの魔法？　それともスキル？　直前に食べた物でもコピーして複製する魔法なのか、スキルなのか？　わからん……。

「もう……いっぱい出して、投げつけて攻撃するか？」

正直なところ結構疲れた。ヤケクソ気味に出してみたが、その分疲れてしまったのだ。ノーコストで、使えるわけないもんなぁ……。

はぁ……と、ため息を吐き、試しに桃っぽいやつを木に投げつける。それは物凄い回転とスピードで木に当たり……ベゴッ！　っという音を出した。

「ふぁっ⁉」

俺は、間抜けな声を上げてしまった。何故なら……木に穴が空いたからだ。

丁度、桃っぽいやつのサイズで穴が空いた。木に空いた穴を覗けば奥にある木に桃っぽいのがめり込んでいた。

ひょっとして……試しに木を殴ってみることにする。

「ちょあぁぁぁぁぁっ！」ぺちっ。「ふきゅん⁉」……痛い。

どうやら凄いのは俺ではなく、桃っぽいやつのようだ。くそったれめ。

チラッと、めり込んだ桃っぽいやつを見れば……。

「プークスクス……ねぇ？　今どんな気持ち？　どんな気持ち？」

と、笑われている気がした。イラッとしたので、引っ張り出して食べてやった。

……げふぅ（満足）。

一応のところ、自衛手段（？）と食料兼水分である桃っぽい――もう桃でいいや――を手に入れた。

ならばあとは、己を鍛えるのみ！

「見てるがいい桃よ！　必ず……おまえを超える漢になってみせる！」

俺は桃に向かって、指をビシっと指し決意する。

さあ、やることは盛り沢山だ。決意したなら行動は早い方がいい。拠点を作り、鍛錬を始めようではないか。

ふふふ……漫画で培った修行方法の数々！　今こそ……活かす時が来た！


……どうも、エルフ幼女です。

こんにちは。もちろん名前はまだありません。

この一ヶ月……桃をかじりながら、モリモリと修行しておりました。

どういうわけか、桃が生っている木は、俺が実を食べても食べても、せっせと実を付けるようで、一向になくなる気配がない。ありがたや、ありがたや。

このお陰で、俺の憂いは少しは軽減できたというものだ。修行に集中できるぅ！

さて実際に、漫画のような修行と言っても、色々あるわけで……。

「こぉぉぉぉぉぉぉ……ふひっ」

息を吸い込むこと……十分、吐くこと……十分！

「できるかぁぁぁぁぁぁっ!!」

とある漫画に登場する……吸血鬼にめっちゃ効くエネルギーを生み出す呼吸法を得るために、その修行法を再現してみたが……ウン、無理！　だれだ？　これ考えたやつは⁉　出てきなさい！（無茶）

「会得する前に死ぬわ……これ」

メジャーものは無理くさそうだ、と認識したわけでして……。

「次行こう、次！」

他に技の型とか霊力うんぬん、気の解放やら、暴力はいいぞぉ⁉　的な世紀末技を得ようと、がんばってはみたが……徒労に終わっている。

しょうがないので現在は素直に体力作り中だったりする。ぶっちゃけ走り回って疲れたら桃っぽいの食って寝る……を繰り返している。

正直、体力付いてるかわからない。そもそもだ……現在の俺はエルフの幼女である。

再度、自分の容姿をジックリと見る。じ～。

水溜りに三歳くらいの金髪碧眼幼女が映る。

顔の輪郭は幼児らしくプクプクほっぺの丸顔である。そこから生えるのは大きく長い耳。垂れているのは俺だけなのだろうか？

他のエルフを見たことないからわからん。大抵ピンと格好良く上向きの耳なのになぁ……。

髪はストレートのプラチナブロンド、現在背中まで伸びている。結構……邪魔くさい。せめて髪型をいじれるならいいのだが、そんな知識は持っていない。

肌は、シミ一つ無い白い肌だ。黒い方が好みだが……あっちは高確率でムフフ展開が待っている。

こわいこわい。

「死亡フラグ、一つ回避だな……」

実際に、それを見るのと体験するとでは大違いなのである。

あとは、ごん太眉毛にジト目……目の下に隈ができるとヤヴァイ人のできあがりだ。

それ以外は割と整ってるんだがなぁ……そうそう。

「もちろん全裸だよ!!」

ひゃっほぅ！　全裸……最高ぉぉぉぉぉっ!!　服がな……ないんだよ。材料すらない。一時期……葉っぱを股間に当てていたのだが、すぐ落っこちるのでやめた。

今は、まだいい。幼女だから。いずれ成長するにつれて、おっぱいとか尻とかが成長すると……あっ！　と、言う間に痴女の完成である。それまでになんとかしないとな。それと……だ。

「エルフなのに、魔法が使えないとは……」

桃は、出せるんだがな！　魔法とは違う気がするし、同じにしてはいけない気がする。あれから地味に、魔法が使えないか足掻いてみたがダメだった。

火も出ないし風も起こせない、水は桃があるからいいや。

まあ、とにかく……うんともすんとも出ない。

「どうするかな……？」

魔法は、諦めるべきか？　あと二ヶ月経った時に、何も変わらなければ考えよう。

今は、色々と試す。何でもいいから、とにかく試行錯誤しよう。

実際問題、何かおかしいのだ……この森は。まず生き物がいない。虫ですらいないのは異常だ。それに気付いたのは、幼女になってから三日後のこと……落ち着いて周りが見えるようになってからだ。

普通は全裸でいたら、蚊やら何やらに刺されてもおかしくないのだが、まったくそれがない。生き物の鳴き声も、臭いも、気配すらない。故に、俺が生き残っているわけなのだが……。

「やっぱり、何かが変だ⁉」

時折、だれかに見られている気もする。気のせいだとは思うが……。

とにかく『何か』が起こる前に……ここから立ち去りたい。

それには、身を守る力が必要だ。桃の超パワーだけでも、なんとかなるかもしれないが……それでも、保険として使う程度にしたい。

「やっぱり自分で身に着けた力が一番でしょ？」

そうだ、このファンタジーな種族、エルフ幼女になったからには、この世界を渡り歩き冒険をしてみたかったのである。

「待っていろよ……異世界のご飯達よ‼」

桃だけじゃ、もう限界である。嫌いじゃないよ？　この桃……美味しいし、何か知らないけど栄養満点みたいで栄養失調にならないんだよ。この桃、マジパネェ！

でも同じ味ばかりだとつらい。そこでだ、現在手にしてるのは、そこら辺に生えてる草である。

これを、食べようと思う！（暴挙）

牛やら何やらが食べてるのだから、人間の俺が食えないわけがない！

あ、今エルフか⁉　……まぁ気にしない。気にしたら負けだって、自宅警備員の人も言っていた。

「いざ！　……もしゃ、もしゃ」

むぅ⁉　この刺激的な辛味は……正《まさ》しく山椒《さんしょう》！　ピリリと舌が痺《しび》れる感じは間違いない……‼

あの、うな丼によくかかっているものに相違ない！

大発見だ！　これで勝つる！　こ、ここ……ここれで、でででぇ⁉

「ぶへぇっ⁉」

顔面から地面に突っ込む。勢いで口の中に土が入った。ぺっぺっ！

いったい、どういうことだろうか⁉　まるで体が言うことを聞かない！　体が、痺れる……ん？

これって、ひょっとして。

「ま……麻痺《まひ》った？」

ぬわぁぁぁぁぁ⁉　やっちまったんだぜ！

結局……朝まで、顔面から地面にダイブした状態で、次の日を迎えたのであった。


やぁ……皆さん、おはようございます。全裸エルフです。

いかがお過ごしでしょうか？

「おおぅ……酷い目に遭った」

地面とキスしたまま翌日を迎えた俺は、現在川にて体を洗っているところである。

幸い痺れは、朝方にはなくなっており後遺症も大丈夫なようであった。

「……あれは駄目か？　いや、しかし」

昨日食べた草をぼ～っと眺めながら、体を丁寧に洗っていく。

まあ、洗うと言っても手で撫でるだけなんだがな！　ふひひ、スベスベボディだぜっ！　出っ張りも何にもねぇ！

そして、川から上がり……お日さまに当たる。体を拭くものなんてなかったからだ。

木が生い茂る森にあって、日が当たる貴重な場所があった。そこは俺のお気に入りの場所で……簡単ながら、椅子っぽい物を木の枝や葉っぱでこしらえている。強度に難があるのだがないよりはましだ。

「ふぅ……太陽がいっぱいダゼ……」

ぽかぽかした日差しが、冷えた体を暖めてくれる。俺は手に意識を集中して桃を創り出し、一口かじる。しゃくっ、じゅくじゅく……ごくん。

「おいちぃ」

まさに、至福の一時である。

ふと横を見やると……昨日の草が生えていた。山椒風味の草である。

「こいよ!?　かかってこいよ！　……怖いのか？」

ニヤリ……と、その草に言われた気がした。

「野郎！　ぶっころしてやらぁ!!」

もしゃもしゃ……「ぬふう⁉」どしゃぁっ！

まぁ結果は昨日と同じだったんだがな？

俺はまたしても、地面と熱いキッスをするハメになった。……ただ、昨日より痺れが治る速度が早くなってる気がする。

これが、いわゆる適応とかいうやつかもしれない。ならば何度も食べれば克服できるかも？

「ふふふ……我！　勝機……掴んだり‼」

ヤツを打ち負かしたのは、それから一週間後のことだった。痺れまくって……ちょっと癖になりそうだったのは内緒だ！　ビクンビクン！

まあ、それからというもの、色々と食べるようになった。俺の食欲のリミッターがはずれてきているのだろう。

「次はおまえだ！　キノコ野郎！　覚悟しやがれ！」

俺は、木に生えていた某有名ゲームに出てくるキノコによく似たものを口に運んだ。

キノコは……うん、アレだ。アボカドに近い味だ。これはいい！　組み合わせによっては、素晴らしい食材に……ぐりゅりゅるりゅ……。

「んほぉぉぉぉぉおっ⁉」

ぐおぉぉぉおっ⁉　は……腹が、痛ぇっ⁉　な、何じゃこりゃぁっ⁉　イ……イカン！　これは堪《たま》らん！　俺は、堪らず茂みに駆け込んだ。

うん……こっからはNGなんだ。ご了承ください。

それから一時間後……腹の痛みは治まった。やれやれ、酷い目に遭ったぜ……。

だが貴様も適応してみせる！　折角見つけた、貴重な食べものだ……味わい尽くしてくれるわっ！

その後、腹を下すこと数十回。しかし……俺はこのキノコを克服してやった。今では桃に続くメイン食料だ。

難点としては、なかなか見つからないことだ。変なところに生えてることが多い……ような気がする。

二つに分かれた木の根っこの間とか……おまえ、狙ってるだろう？　手に持ったキノコに尋問するが……黙秘でとおしていた。生意気だったので『もしゃもしゃ』してやった。

試しに、山椒味の草を和えて食べてみる。ねっとりとして、マグロのトロのような感じに、山椒の辛味が加わった感じになった。悪くはないが、塩っ気が足りなかった。

「塩……もしくは醤油が欲しいなぁ……あればレパートリーが増えるんだがなぁ？」

今は味わうことができない懐かしき味に、思いをはせる。

俺は更なる味を求め、別の食材を探した。俺は気を取り直して、木の皮を食べてみた。

冬のお猿達は、飢えを凌ぐために木の皮さえも食べるという。

「猿にできて、俺にできないわけがねぇっ!!」

俺は木に直接かじりついた！　うぬっ!?　固い！　うおぉのれいっ！

意地でも食らってやるわっ！　渾身の力を顎に込める。

バリバリッ！　ムキュモキュ……。

遂に木の皮を食べることに成功した！　そして、その味とは……んん～？　こ、これは⁉　あんまぁぁぁぁいぃぃっ！　そして、豊かな香り……！　脳をトロけさす陶酔感！

「ウィスキーの味じゃねぇかっ⁉」

俺は歓喜した！　何故なら……俺は、酒が大好きだからだ！　俺は酒に合わせてツマミを作るほど酒を愛していた。アイ、ラブ、さけ！

まぁ、それが木の皮なので『何か違う』と感じたのだが。その日は、とりあえず木の皮をモリモリ食べ……幸せなうちに酔っぱらって寝てしまった。

そして、次の日……。

「ふきゅん……あったまが痛ぇ」

案の定、二日酔いになった俺であった。だが……この味、覚えたぞぉ‼　これ以来、木の皮に合うつまみを求め、食材を探すことになる。

「まずは塩っ気が欲しい！　酒のつまみはしょっぱい物だ！」

俺は更なる味を求め、森を探索していった。


まともな食材なんてありゃしない。

だが食べると、意外な味が待ってたりするのが面白かった。ただ……副作用が半端ないがな！

この前も、土食ったら石化したよ⁉　農家の人も食ってたからイケル！　と思ったら……逝きかけたよ⁉　石化中は動きたくても動けない。布団の中で、たま〜に金縛りにあう状態みたいなものだ。慣れてくると変なポーズで固まってみたりした。あ、ちなみに味はカレースパイス風味だった。これは、なかなかに使い道がある。ただ、相変わらず塩っ気がない。

これに塩っ気があれば、最高の調味料になるものを！

「絶対に塩を見つけてやるぜ……」

修行訓練そっちのけで、食べることに全力を尽くしたのであった。

「ふむ、この石ころは……メロン味、こっちはイチゴ味」

石ころを口の中で、コロコロと転がして味を楽しむ。石ころはそれぞれの色で味が違った。みどりっぽいのはメロン味。赤い色のは苺もしくはリンゴ味。等々……様々な味が楽しめた。副作用は沈黙十分。

何も喋《しゃべ》れなくなった時には……別に焦んなかったか。話し相手がいないし、独り言しか言わないしな。

気を取り直して次行こう！　次！　お次は地面に落ちていた枯れた枝だ。小さい物を口に咥《くわ》えてガシガシと、かじってみた。

「おっ？　甘い！　……チョコレート味だな」

その小枝はチョコレートの味がした。歯応えは木の枝なので物凄く硬かったが。細かく砕いて木の皮で包めば……ウィスキーボンボンになるかもしれん。

「今度、試してみるかな？」

副作用は耳が聞こえなくなる……だった。これは流石に危険だったので、適応するまで拠点で慣らした。音が聞こえないと、危険を察知するのが遅れるからである。

この副作用は、三時間程度で適応した。段々と適応速度が速まってきている感じだ。

「いいぞ～この調子で、この森の全てを食いまくってくれるわっ！」

よっしゃっ！　次は、行動範囲を広げてみよう！　例えば……あの木に生えている葉っぱは、どうだろうか？　俺は木にしがみ付き、よじよじと登り始めた。食欲パワー全開の俺は、なんと……木を登りきったのだ！（ドヤ顔）

「おぉ……結構高いな？」

少し怖かったがそれよりも、今はこの木の葉っぱだ！　木から一枚……葉っぱを頂戴する。

「いただきます！」

もしゃもしゃ……ごくん。

「からっ!?　唐辛子の味だ!!」

ぐおあぁぁぁぁぁっ!?　口の中が火事になっている！　俺は慌てて桃を召喚した！

シャクッ、んん！　シャクシャク……ごくん。

「ふぅ……えらい目に遭ったぜ」

だが、そこに副作用が襲いかかった!!　その副作用とは……。

ぷぅ～～～～～～～～～……。

「これは酷い」

オナラが止まらなくなる……だった。症状は三分程度で治まった。よかった。このままずっと止まらなかったら、と心配していたのだ。気持ちが落ち着いたところで、俺は重大なことに気が付いた。

「どうやって、下りるかな？」

そう、俺は下りられなくなっていた！　登ったはいいが、下りられなくなった猫と同じだ！　俺は落ち着いて周りを見渡すと……木に長いツタが絡まっているのを見つけた。

「よし……こいつを使って下りよう」

ツタがきちんと固定されていることを確認して……と。

「行くぞっ！」

気合を入れて下りて行った。……が、ブチブチチッ！　と、音を立てるツタ。

まてまて！　まだ切れるな！　もう少しがんばれ！　できるできる！　おまえならでき……ブチンッ！

「ひぃぃぃぃぃぃっ！　クライシスッ⁉」

ツタが切れてしまった！　俺は地面に落ちてしまう！　ふわっ……ぽてっ。

「ふきゅんっ⁉」

ぐわぁぁぁっ⁉　ケツが割れた！　重症だ！

俺は……ケツから地面に落ちたらしい。ヒリヒリするケツを擦りながら立ち上がった。幸いにも、それほどの高さから落ちてはいないようで、けがはしなかった。

落ちる直前に、浮遊感みたいなものがあったが……気のせいだろうか？

いや、今はそんなことといいんだ！　根性なしに……制裁を加えてくれる！

「ええぃ……根性なしめ！　おまえなんかこうだ！」

と、千切れたツタをモグモグしてやった。……なんと、ツタはチーズの味がした！

これは収穫だ！　木の皮に、とっても合うじゃないか‼　やったね！　俺‼

そして、お待ちかねの副作用だ！　もう慣れたものだ。

「ぱお～ん」

ツタの副作用は……ぞうさんが生えるだった！　おかえり！　ぞうさん！　俺は君の帰りを待っていた！　久しぶりに戻った股間の頼もしい存在に歓喜する俺。

あぁ……これが、ずっと続けばいいのに！

「さよなら……ぞうさん」

ぞうさんとの再会は、僅か三十秒ほどで終わってしまった。

どんどん萎んでいくぞうさん。やがて完全に消えてしまった。そこには、女の子の部分が「ただいま」していた。

「あ、うん。お帰り」

副作用にどんどん適応していったばかりに……ぞうさんとの別れも早まってしまった……と、いうことか。しくしく。

俺は悲しみを乗り越えて、次の食材を求め森を進んで行った。

「少し奥まで行ってみるか？」

次の日。探索に慣れてきた俺は、少し奥まで進んでみるか考えていた。拠点近くの食材は、ほとんど適応してしまったのだ。しかし、相変わらず塩っ気がなかった。

ツタがチーズの味なので、それを採ればいいのだが。ツタは今の俺では非常に取り難いのだ！がってむ！

というわけで、取りやすく塩っ気がある食材を求め、森の奥に進むかどうか迷っているところだった。

幸いにも、俺は桃を召喚することができる。少なくとも餓死はしないだろう。

「よし……森の奥に行くぞ！」

俺は森の奥に進むことに決めた。

森の奥は薄暗く少しヒンヤリとしていた。おそらく、日が当たらないので気温が低いのだろう。まぁ、行動に支障が出るほどの寒さではないので気にしなかった。

「森の奥……とは言ったが、実際に奥なのかどうかは、わかんねぇな」

そう、ここがどこで、どの程度の大きさの森なのかわからないのだ。気付いた時には、既にこの森だったわけだしな？

「ま、進めばわかるか」

そんな風にお気楽に考えて、俺は奥へ奥へと進んで行った。ひたひた……。

あるある！　見たことがない食材がゴロゴロとあるぜ！

そこは、食材の宝庫だった。

紫色の毒々しい花や、ねばねばした草、ドロドロとした黒い水。普通なら絶対に口に入れないであろう物が、俺にとっては食欲を満たす最高の食材にしか見えないのだ。

俺は迷うことなく、それらを口に運んだ。

「この花は、おおう⁉　やった！　魚醤《ぎょしょう》だ！」

紫色の毒々しい花はなんと魚醤の味がした。癖《くせ》があるので合わせられる食材は限られるが……それでも収穫だった。さて、問題の副作用は？

「にゃ～ん」

気付いた時には……子猫になっていた。色々な副作用があり過ぎんだろ？　まぁ、これもすぐに適応してしまった。残念だにゃ？

次は、ねばねばした草だ。……ぬちゃぬちゃ。

「お？　これは……納豆だ」

ある程度、予感していたが当たりだった。ご飯のお供、納豆である。副作用は納豆臭くなる……だった。あれ？　これって副作用なのか？　わからん……。

そして、最後にドロドロした黒い水を口に運んだ。

「!? きたっ！ おかゆの味だコレ!!」

そう！ これはお米の味！ であれば……。

「調理を開始する！ 材料は紫の花と、黒い水だ！」

あ……入れものがなかった。しょぼん。だが、ここで諦めるわけにはイカン！ 何か、代わりになるような物でも落ちてないかな？

キョロキョロと辺りを見渡す。大きな葉っぱが俺の目に留まった。これならイケルんじゃね？

俺は大きな葉っぱを少し丸めて、皿状にしてみた。思惑どおり、葉っぱは皿のようになった。やったぜ！

改めて調理開始だ！ まずは黒い水を皿に投入！ 続けて紫の花を散らす！

……以上！ これ、調理って言っていいか……わっかんねぇな!?

「ま、いいか。いただきます！」

ずずず……もきゅもきゅ、ごくん。

「ふはははっ！ 美味い！ 魚醤が効いていて最高だ！」

欲を言えば……温かければ、尚良かったのだが。

おぉ！ そうだ！ これに、ねばねばした草を入れて『なっとうごはん』にしてみよう！

俺は、ブチブチとねばねばした草を千切り、上に散らした。思惑どおりなら『なっとうごはん』のできあがりだ！

「うぐっ!? こいつははずれだ……！」

そういえば、これは『おかゆ』だった。おかゆに、納豆は……合わない。合うって人も、いるかもしれないが俺は合わない。

「せめて黒い水が固形物ならばあるいは……？」

う～ん……残念。

気を取り直して探索再開だ！　まだまだ、この森には食材があるはずだ！　俺は食材集めに夢中になっていた。

そして……迷子になった。なんというお約束!!

「やっべ～本格的に迷子だ。ここがどこだかわからん」

いざ迷子になると、あのしょぼい拠点が異常に恋しくなった。今の俺は半べそ状態だ。

「帰りたい、我が家に」

家ですらないのだが……そんなことは、どうでもよかった。

ただ、帰りたかった……あのお日さまが当たる場所に。

ここは日が当たらないのだ。食材はあるが、気が滅入る。俺は、必死に拠点目指して彷徨《さまよ》い続けた。そして、俺は出会ったのだ……森の主に。

その出会いから一年後……俺は森に適応していた。

「ふはは！　もう俺に、食えないものはない！」

俺の足元には、およそ食材に見えないものが山と積まれていた。

だが、俺には食える。……長くつらい戦いであった。森の奥に入り迷子になったり、木に登ったはいいが下りれなくなったりと、なかなかの冒険だった。……ん？　あれ？　おかしい？　俺は確か……修行という名の、体力作りをしてたはずなのに。ドウシテコウナッタ？　うごごご……食欲とは、いったい⁉

そんなこんなしているうちに一年も過ぎていたりする。まあ……だいたい一年、ということにしてるが正直適当。

あと……この森、季節が変わらないのだ。気温も、初めて自分がエルフだと認識し、森にいることに気付いた時のままだ。常初夏地帯であると言ってしまえばそれまでなんだが。なので日数が麻痺してくる。ぶっちゃけ……もうどうでもいい。まあ、食材探して歩いてたから体力は付いたかも？

とりあえずはご飯だ。腹が減ったからな！　今日も料理をしてみようと思う。

といっても、材料を組み合わせるだけの簡単なものである。言い換えれば組み合わせられるだけの食材が揃ったということだ。探索の成果が出ているな！

よし！　早速料理だ！

材料は……芋っぽいの。これは俺のお気に入りでそのまんま芋だ。ちなみに副作用は……エッチな気分になるだ。幼女じゃ意味ないな！　あるかもしれないけど……ない‼

次は土、カレースパイス風味。

最後に白い花、なんと塩味！　これを見つけた時……思わずガッツポーズをした！　そして、何も見えなくなった。

副作用は視力低下だったようだ。流石に焦ったが、これもなんとか克服。遂に、まともな料理というレベルに漕ぎ着けたわけだ。できあがるのは、芋のカレー風味といったところか？

さあ作ろう！　芋を手で割り、白い花を上に散らし、最後に土を豪快にまぶす。

「おおう、でけたっ！」

見た目は最悪と言ってもいい……というか最悪だ。この森での料理は見てくれを気にしてはイケない！　問題は味だ！（確信）

「では、いただきます！」

もしゃ……もぐもぐ……ごくん！

「ふひひ！　できてる……カレー味の芋!!」

うおおっ！　と雄叫びを上げ、歓喜の舞を踊る俺。

生きていける……この森で！　俺はやっていけるのだ！　もう、何も怖くない!!

……いや駄目だろ!?　何で、ずっとここで生活しようとしてるんだよ俺？　手に持ってる土だらけの芋をまじまじと見つめ、ため息一つ。

「感覚、麻痺してきてるなぁ……」

そんな自分が悲しくなった。……しくしく。

翌日、俺は遂に森を出る決意をした。きちんと人間らしく……いや、エルフとして冒険するために、俺はこの森を出る！

そして森の出口を求め、俺は歩き出すのであった。

現在……俺は森のある場所に向かっている。食材を求めフラフラ森を彷徨っていた時のことだ。森の中央辺りなのだろうか？　木々が人工的に取り除かれた痕跡がある場所に出た。

そこには、でっかい竜の石像が鎮座していた。最初見た時はビビったものだ。

「ふひょあぁぁぁぁん⁉」

奇妙な悲鳴を上げた後……腰が抜けた。石像でなければ「オマエマルカジリ」されていたことだろう。

……が、一向に動かないのでよく見てみると、石像だったわけだ。

「ふぅ……ビビらせやがって。俺が本気だったら、おまえ死んでるぞ？」

と、尻餅をつきつつ虚勢を張るのを忘れない俺ステキ。でもまあ、ようやく人工物らしき物を発見できた。

なので、この世にまさかの俺一人説がくつがえったわけで……いや、くつがえってないか。いまだに、俺以外の生物を発見できてないのだから……。

でもこれ幸いにと、結構な頻度で今日の出来事をこの石像に報告していた。

「今日の俺は、面白かっちょよかったぜ‼」

ぶっちゃけ一人で寂しかったから、憂さ晴らし的なものだったのかもしれない。

でも……それができなければ、頭がおかしくなって自殺してたかもしれない。

なので、勝手にこの森の神様として、一人で祭り上げていた。故に……今日この森を出ることを報告しに行ってるわけだ。

行き慣れた道を進むと……そこに静かに竜の神様が佇《たたず》んでいた。貫禄、半端ねぇ。

六枚の大きな翼。六つに分かれた太い角。尖った竜鱗に覆われた逞しい尻尾。何より精悍《せいかん》で威厳のある顔。びっちり牙生えてて超怖い。

そして超でかい。どんだけでかいんだ？　十八メートルくらいか？　某機動戦士くらいあるんじゃねえかな？　周りの木がそれ以上あるから目立たんが……。

俺は神様の足元に歩み寄り報告をする。

「神様……俺は今日、この森を出ます。色々あったけど、やっぱり外の世界が見たいんです」

今まであったことを思い出す……ろくなことがねぇぇぇぇぇ!?

何だよ!?　全裸幼女って!?　桃以外、副作用あり食材って殺しにかかってるだろ!?

ちょっと、この森にいるメリットを考えたが……あんまりなかった。桃さえあればどこでも生きていけるし……流石、桃さんマジパネェ。

「ま……まあ、今まで生きてこれたのは神様のおかげです。本当にありがとうございました」

深々と頭を下げる。こういうのはしっかりしないとな。一に礼、二に礼、三四がなくて、五に礼だ。

「では、行ってきます」

再度、礼をして、森を出るためその場を立ち去ろうとする。

カチャン。

何やら金属の音がした。懐かしい音だ。

音がした辺りを見ると……そこにペンダントがあった。

持って行け……って、ことだろうか？　要は世界救いに行け、五十ゴールドやるから、ってことであろう。流石ファンタジー世界！　こういうイベントもバッチリおさえている。俺はそんなことしないがな！　まあ……くれるなら貰っておく。

「ありがとうございます。では……これで」

俺は、八つの濁った石が付いた、丸い豪華な紋章付きペンダントを首に下げる。

丁度ペンダントが股間を隠す形になった。やったぜ！

再度、神様に礼をしてその場を後にした。


森を出る。言うのは簡単だが、出口を見つけなくてはならない。

「真っ直ぐ歩けば出口に出るに違いない！」

恐ろしく単純な考えのもと俺はひたすら歩き続けた。途中で桃を食べて一休みして……また歩き出す。

何日……経っただろうか？　諦めようか迷った日もあったが……俺は歩き続けた。

その甲斐あって遂に森に変化が見えてきた。出口が近いと確信したのだ。

俺は、思わず走り出した！　やがて視界は開けていき……そして今……遂に俺は森の出口に到達した！

そこは……広大な草原、青い空、吹き渡る風……まさにファンタジー世界というものだった。

なんと空気が美味しいことか。なんと空が青いことか。

俺は感動のあまり、暫くそこを動けなかった……。

「すげぇ……」

思わず口に出る、ありきたりな言葉。でも、素直な感想であった。

そして俺は気付く、重大な事実に！

「俺、全裸のままだわ……」

俺の明日は……どっちだ⁉

昼食　継承

やあ皆さん、全裸です。

エルフですが名前はありません。自分で付けろって？

ばかやろうっ！　名前ってのは親から貰うもんなんだよ！

てな考えの自分なんで……未だ名無しです。

現在、緑がいっぱいの草原を当てもなく歩いているところだ。森にいなかった虫や鳥、生き物の鳴き声が俺の耳に入ってきている。やっぱりあの森がおかしかったんや！

ちょっと足元を見ればダンゴムシがいたり、空を見上げれば鳥がいたり……。

ちげぇ!?　ドラゴンだぁ!?

銀色の鱗に覆われた巨大なドラゴンは、チラリと俺を見て……下界には興味ありませんと言わんばかりに空の彼方へ去っていった。

「ふぁんたじぃ……」

もう、色々驚いてばかりだ。

体感で昼っぽかったので、桃を出してお食事タイムと洒落込む。丁度いい岩があったので、そこに腰をかけて桃にかじりつく。

しゃく、しゃく……じゅるじゅる、ごくん。

「ふぃ……うまし！」

桃を見やると「それほどでもない」と、謙遜しているような姿がある。

思えば、この桃を出す面白変テコスキル？　魔法？　……がなければ森で飢え死にしてた可能性もあるんだよなぁ……。

本当にお世話になってます。だがしかし！　俺は新しい味に飢えているのだ。森の外に出てまず土を食ってみた。しかしカレー粉みたいな味はなく、本来の土の味だった。

やはりあの森限定らしい。ならば普通に木の実や野菜、動物を狩って食事にありつけってことだ。

まずは、どこか人がいるところを探そう。この世界のことを聞きたいのだ。

それに美味しい料理にあり付けるかもしれないし、上手くいけば全裸から卒業できるかもしれない。

「よし……いくかっ！」

満腹になって休憩がてら日向ぼっこを堪能し、再び俺は歩き出す。

美味しい食べ物目指して！


それから三日後……俺は道を歩いていた。人工的に作った名残りのある道である。

馬車の車輪跡があるので、これを辿れば人里に辿り着くであろう……と思ったわけだ。

それから更に二日後……俺は小さな村に辿り着いていた。

「きたっ！　村きたっ!!　これで勝つる!!」

俺は喜びのあまり駆け出した。全裸のままで！

「なんだ……これは……？」

村に辿り着いた俺の、最初の一言がそれであった。

その村は何者かに荒らされた後であり、かなりの年月が経っているようだった。

……というか白骨死体ぃぃぃぃぃぃっ!?

戦って死んだのであろう、戦士の装備をした白骨死体や、魔法使い風の姿をした……腰から下がサヨナラしてる骸骨《がいこつ》。小さな骸骨もあるな……子供のか？

「なんてこった……」

手近な民家に入ってみる。中は略奪された後で、使えそうなものは一切なかった。

徹底してるな「少しは残しておけよ」と文句を付けながら、次の家にお邪魔する。

やっぱり同じ風景がそこにあった。もちろん人もいない。完全な廃村であった。

「……収穫なしか」

骸骨達の装備も、長い年月雨風に晒され続けボロボロで使い物にならず、いまだに俺は全裸だった。

日もとっぷりと暮れ、夜の闇が辺りを支配する。

でも俺はこの暗闇でも、はっきりと物が見えた。エルフが持つ特性『ナイトビジョン』が、あるからだ。……これはあれだ、猫と同じだ。これがなかったら俺は生きていけなかったな……超便利。

「どうすっかな？」

途方に暮れていると村の広場……そこに何やら人影があった。というか薄暗く光ってる。

幽霊だろうか？　生まれて初めて見るな……俺、霊感ＺＥＲＯ人間だったしな！

チョット感動した。もうちょっと近くで見てみよう。

俺はコソコソと物陰に隠れながら、幽霊に近付いていった。念のために桃も二個出しておく。

ここら辺が限界か？　俺は木の陰から幽霊を観察する。

幽霊は女だった。クセのないショートカットに、二重まぶたの綺麗な瞳。整った鼻筋にふっくらとした小さな唇の人間の少女。

出るところは出て、引っ込むところは引っ込む……要はナイスバディというやつだ。

色はわからん。薄暗く光っているだけだし、明暗で区別が付くくらいなものだ。

幽霊なので表情は暗い。まあ死んでるわけだしな。あの格好は……魔法使いだろうか？

ＲＰＧにはお約束の、女魔法使いが着るような「おまえそれ守備力ないだろ！」ってくらい肌の面積広めの服にマントを羽織っていた。

さて、どうするか？

まさか、いきなり「やあ、お嬢さん何かお困りかな？」と、白い歯をキラリとさせて挨拶《あいさつ》ってわけにも……いや、そもそもなんで挨拶なんだよ!?　敵だったら死ねるぞっ!?

でも、会話くらいならできるかもしれない。う～む。

よし……こういう時は脳内会議だ！　目を閉じて内なる自分に話しかける。

俺「では会議を始めます。議題は幽霊をどうするかです」
俺A「早々に立ち去りましょう。怖いです」
俺B「捕まえようZE！」
俺C「撤退だな。火力が足りない」
俺H「おっぱぉに顔埋めたい。はぁはぁ……」
「よし、撤退だ」
俺は目を開け決意する。
そして目の前に幽霊がいる件。これってヤヴァイですよね？　ね？

◆◆◆

私の名はエルティィナ・ランフォーリ・エティル。

五年前に護衛としてこの村に来た冒険者の一人でした。クエストの内容は盗賊の退治です。私の冒険者ランクはC。

冒険者ランクはGから順にA、その上のSまであるランキング制で、私は中堅どころの実力を持っていました。

更に同じランクの戦士が二人、魔法使いが三人、ヒーラーが一人と火力が十分なパーティーでした。

しかし……私達は戦いに敗れました。裏切り者がいたのです。

盗賊は三十名ほど。大した実力もなく次々に討ち取られていきました。ですが突如、後ろから攻撃されました。

仲間であったアランという戦士とマジェクトという魔法使い。更にはヒーラーであるエリナまでも盗賊と手を組んでいたのです。

一気に劣勢になった私達は、村人を避難させるために村に残って戦い続けました。

果敢に戦ってはいましたが、やがて戦士のリッテが倒れ私達は総崩れになりました。

そしてまた一人、犠牲者が出ました。魔法使いのガインツが体を真っ二つにされて絶命したのです。風属性の魔法『エアスラッシュ』を受けてしまったのでしょう。

『エアスラッシュ』は風の刃を飛ばす中級魔法で、鉄の鎧も力量によっては難なく切断します。

向こうでは……魔法使いの一人でクルオンという娘が、大勢の盗賊に取り押さえられて……暴行を受けてました。

しかも私も魔力が尽きて、彼女と同じ運命を辿りました。やがて何人もの男達の欲望を胎内に吐き出され尽くした私の前に、一人の男が覆い被さってきました。

「……ア……アラ……ン」

アランでした。もう限界まで壊された私の体を、更に壊そうと乱暴に責めてきたのです。

「この日を待ってたのさ。さあ、ぶっ壊してやるよ!!」

アランが言うには、私をこうするためだけに盗賊と結託し、仲間を裏切り、村を襲い罪のない人々を殺したというのです。

「な、なんてことを……うぐっ⁉」

アランが両手で、私の首を締め付けてきました。

「こうすると具合が良くなるんだぜ？　おまえの彼氏にも教えといてやるよ」

下品な男達の声に悔し涙が溢《あふ》れます。やがて……アランの放ったものを胎内に感じた後、私は意識を失いました。

次に目を覚ましたのは夜でした。既にアラン達は立ち去ったのでしょうか？　辺りにはだれもいませんでした。私は自分の体を確認しました。

男達に汚し尽くされた体がどうなっているか確認をとって、しかるべき処置をしなければいけなかったからです。ですが、その必要はありませんでした。

私の体は薄暗く光っており、物を触ろうとしても素通りしてしまいます。

「そうか……私は死んだのですね」

そう、私は死んだのです。もう妊娠《にんしん》を恐れる必要はなかったのです。


夜になると私は村の広場に佇んでいました。近くには戦士と魔法使いの死体。

「リッテ、ガインツ……ごめんね」

死体を埋葬したくとも私は物に触れることができません。すり抜けてしまうのです。

何日もの間、後悔と絶望と共に過ごしました。

あれから五年……変化が起こりました。

私の目の前には、うんうんと目を閉じて唸るプラチナブロンドのエルフの少女がいたのです。

五歳くらいでしょうか？　整った顔立ちに腰まで伸びた癖のない髪。月夜に照らされキラキラと輝いています。

普通のエルフより大きくてちょっと垂れた耳が可愛いです。太めの眉も幼さと相まっててチャーミングですね。でも何故か全裸です。何故でしょう？

と、突然女の子が目を開け驚いた顔をしました。

……近付き過ぎたのでしょうか？

◆◆◆

「うおぉぉぉぉぉっ⁉　ち〜か〜づ〜く〜な〜‼」

俺は桃を幽霊に突き出した。

「さもなければ、この桃が火を噴くぜ⁉」

と、幽霊を威嚇してみた。ついでに「きしゃ〜！」と奇声を上げてビビらせておく。

すると幽霊は困った顔して……、

「klsfふrふおうhfhl？　ぃえhじょい.jぎぃ？」

と、話しかけてきた。……何言ってるか、わかんねぇ⁉　なんてこった、言葉が元の世界と違うのか⁉

幽霊は困った顔をしつつ、俺の頭に手を置いた。

ぬお⁉　しまった！　その自然な動き只者じゃねぇ‼　回避することもできず攻撃を許してしまったぜ！

「これで私の話がわかりますか？」

ふぁっ⁉　わかる……わかるぞっ！　俺にも幽霊の言葉がわかる！

「わかるんだぜ」

「よかった……テレパスという遠距離会話魔法なのですが、直接触れて使うと言語が違っても会話ができるようになるんです」

ほぅ……便利だな。

「申し遅れましたね、私の名はエルティナ・ランフォーリ・エティルです」

丁寧に自己紹介してきた。少なくとも、いきなり取り殺されることはなさそうだ。

「俺は……」

と、言いかけて自分に名前がないことに気付いた。う～む、どうするか？　よし！

「俺は今、名前も記憶もないんだ、とりあえずナナシと呼んでくれ」

名無しの権兵衛は嫌なので、名無しと呼んでもらうことにした。

「記憶が……可哀想に。大切な人との記憶も失ってしまったのですね」

変なことは覚えている、とか言えないな（汗）。

「で、ねーちゃんは俺に何か用か？」

と言って誤魔化すことにした。エルティナさんは少し考え込んだ後……、

「あなたに、お願いしたいことがあります」

と俺に言った。ふむ、内容次第だな。

ゾンビ十体の討伐とか、おまえの体を寄越せ！　とか無理だからな！　というか……この世界で初めての会話が幽霊とかどんだけだよ!?

常にハードモードとか勘弁してくだしぁ！　……と、心の中で叫ぶ幼女な俺であった。


次の日……俺は、えっちらおっちらと白骨死体を輸送中である。

昨日の幽霊ねーちゃんの依頼だ。幽霊なので物に触れることができずに、すり抜けてしまうらしい。

依頼が運搬系のクエストで助かったぜ！

「ひーこら、ひーこら……」

結構疲れる！　ところどころに遺体があるから、村中を駆け回るはめになる。

しかも、持つとボロボロと崩れ落ちたり、風化して粉になったりと、意外に持ち運びが大変だった。相当の年月放置されていたらしい。

「なかなかに大変なクエストだぜ！　だが、やり遂げてみせる！　じっちゃんの名に懸けて！」

相変わらずじっちゃんの名前……知らないんだがな!?

まずは村の中心に遺体を集めて欲しいとのことなので、せっせと手近な遺体を運ぶ。

「ふひふひ！　重労働だぁ！」

これが大人なら、大したことではないだろう。しかし今の俺は幼女である。体力も力も大人にはまるで敵わない。ちょっとした労働にも体力を大きく奪われることになる。

「くあ～！　ひとやすみすんべぇ！」

こりゃあ、一気にクエスト完了は無理だ！　時間をかけて、丁寧にやり遂げた方がいいってもんだ！　そうしよう！　うん！

やがて日が暮れて夜になる。夜目が利くので視界は問題ない。

暫くすると、ぼう……といった感じでエルティナさんが現れる。

「こんばんは。お仕事の方はいかがですか？」

「こんばんはっ！　ぼちぼちだなぁ」

と、無難な受け答えをしておく。まぁ、エルティナさんもすぐに終わると考えてはいないようだったので、「そうですか」と笑って受け答えしてくれた。

現在、村の中心には少量の白骨死体が集まっている。全部集めるのに、どれだけの日数がかかるのやら？　まぁ時間は腐るほどあるし、食料も桃があるから問題ないが。

「少し……お話よろしいですか？」

と、エルティナさんが聞いてきたので「いいですとも！」と答える。

「ナナシちゃんは、どうして裸なのですか？」

「ふきゅん⁉」

痛いところをピンポイントで突かれた！　俺は百ポイントのダメージを受けた！

へへ……やってくれるじゃねぇか？　エルティナさんよぉ⁉

「こ、ここに来る途中で強敵に会った際……俺の闘気で爆発したんだ（震え声）」

はい、嘘《うそ》です。ここに来る途中で会ったのはダンゴムシです。

ニコニコしながら、俺の話を聞いてくれているエルティナさんに、罪悪感を覚えて白状する俺。うむ、嘘はいけなかったんや！

「ごめん、今のは嘘なんだ。生まれてこのかた一度も服を着たことがない」

「ふぇっ⁉」

これにはエルティナさんも驚いていた。まぁ、そうだろう。生まれたての赤ん坊ですらふかふかのタオルで包まれるのに、俺にはそれがない。いや、あったのかもしれないが、記憶にないのであれば、ないのも同然だ。

「そうなのですか……ごめんなさい」

すまなそうに謝るエルティナさん。別に気にしてないからいいのだが……？

「気にしないでくれ。俺は……あれだ『裸族』なんだ。だから服を着てないんだ」

「そ、そうなのですか？」

そうじゃないが、そうとも言える。最早、エルティナさんに言われるまで気にも留めなかったくらい、全裸に違和感がなかったからだ。慣れって恐ろしいな……。

「それで、ナナシちゃんは、どこからここへ？」

その問いに俺は……、

「あっちの、くっそ広い森からやってきた」

と、指差して答えた。もう、そういう風にしか答えられん。

「えっ？　その方向には大きな森なんてありませんよ？」

「えっ⁉」

しばしの沈黙。……どういうことなんだ？　俺は間違いなく、あそこの森から出てこの村に辿り着いた。方角も間違ってないはずだ。

「でも確かに、俺はそっちにある森を出て、ここまで来たんだよ？」

「う～ん、私の思い違いでしょうか？　でも、森からやってきたのは、間違いないのですね？」

その言葉に俺は「うん」と答えた。

「それから……」

エルティナさんの質問は止まらなかった。

聞けば五年もの間、ずっと一人でここに佇んでいたらしい。で……あればさみしくもなるわけだ。

俺は夜が明けるまでエルティナさんの話を聞けなかった。いつの間にか寝てしまったのだ。労働して疲れたからだろう。ぐぅぐぅ。

◆◆◆

すやすやと寝息を立てるナナシちゃん。

昼間のお仕事で疲れていたのでしょう。にもかかわらず、私の話に耳を傾けて受け答えをしてくれていました。

「あっ……涎《よだれ》が」

拭ってあげようと手を伸ばしますが……触れることは叶わずに、すり抜けてしまいました。

「ままなりませんね。こんなことも……できないなんて」

普通なら私を見たら、退治するか逃げるかのどちらか。でもこの子は逃げずに私に協力すらしてくれている。

にもかかわらず、私はこんなこともできずに、ただ見ているだけなんて。

「本当に可愛らしい子ですね」

健気でがんばり屋さんで……素直な子。ちょっと言葉使いが男の子みたいですが、それもまた魅力の一部でしょう。

「できることなら……生きている間に会いたかったです」

叶わない願望。ギュッと抱きしめてあげたい！　そんなささやかな願いも叶うことはない……。

私は死んでいる。ゴーストなのだ。

はぁ……とため息を吐く。

その夜は、ナナシちゃんの傍にいられるだけいました。夜が明けるまでずっと……。

◆◆◆

「ふあ～、むにゃむにゃ？　うおっ？　いつの間にか朝だった!?」

確かエルティナさんの話を聞いてたはずなのに、朝になっていた！　不思議！

うん！　ばっちり寝ちゃったんだな！　……怒られそう（震え声）。

まぁ、やっちまったもんは仕方ねぇ！　仕事をばっちりやって汚名挽回だ!!　いやいや違う違う！　名誉挽回だった！　危ない危ない……。

俺は気を取り直して仕事に集中した。

「と、その前に腹ごしらえでもするか」

俺は桃を創り出してかじりついた。……いつもお世話になってます！

「ふぅ、朝はこれに限るな」

というか、桃しかない事実に俺は泣いてもいいと思った。ゲフゥ。


「ひゃあっ！　堪んねぇ！　労働だっ!!」

白骨死体をカチャカチャさせながら運搬する俺。骨自体は軽いのでいいのだが、往復するので体力が奪われる。ハァハァ。きっつい。

「子供の骨か……」

そこには小さな骨。それに覆いかぶさるように、大人の骨が乗っかっていた。

子供を守ろうとしたか、死んだ子供に縋《すが》り付いていた時に殺されたかだろうか？

いずれにしろ、切なくなる白骨死体だ。

「何で……こんなことするんだろうな？」

答えてくれる者はいなかった。俺は慎重に大人の骨を村の中心に運ぶ。次に子供の骨だ。

「せめて、天国で仲良く暮らしてくれよな？」

大人の骨と子供の骨を並べて安置した。俺にできることといえば、これくらいなものだった。むなしい。暮れていく太陽が、一層むなしさを増加させた。

「ごめんなさい」

日も暮れて夜の闇が辺りを支配する。エルティナさんが現れる時間だ。

「ふ、ふぇぇぇぇぇぇぇっ!?」

俺はエルティナさんを確認した瞬間、ケツプリ土下座を敢行した！

「……寝ちゃったんだぜ」

「あぁ、そのことでしたら気にしてませんよ。お仕事で疲れていたのだから仕方のないことです。気にしないでくださいね？」

……女神はここにいた！　なんて優しいんだ。感動した！

「もうダメかと思った。助かった」

「大げさですね？」

クスクスと笑うエルティナさんは凄く魅力的だった。死んでしまったのが非常に悔やまれる。

生きてさえいれば……その豊満な胸にダイブできたものを!!　悔しいのう悔しいのう！

そして、またエルティナさんとの会話へと突入する。

好きなもの、将来の夢、なりたいものなど至って普通の会話だ。

「俺は世界中のご飯を食べ尽くしてやるんだ」

「ご飯ですか？　しかも世界中の!?」

驚くエルティナさん。流石に呆れたかな？

「私と同じ夢を持っている人に、出会えるなんて感動です！」

まさかの同じ夢だった。やはり……わかっている人は、わかっているな！

「ナナシちゃんは、何になりたいのかな？」

更に会話は続く。俺も人（？）と話すのは嫌いじゃないので会話を続ける。

「やっぱり冒険者かな？　どこにでも自由に行けるし、怪物共をやっつけて食べてやる！」

「あらあら、勇ましいですね」

そんな感じで、俺が寝てしまうまで会話は続いていった。……ぐぅぐぅ。

◆◆◆

ナナシちゃんが寝てしまって、話し相手がいなくなってしまいました。

別に今まで気にもならなかった、さみしさを感じました。

悔しい、むなしい、悲しいは、ナナシちゃんに会うまではいつも感じていた負の感情です。でも今は、嬉しい、楽しい、満たされるという感情が勝っています。でもこれは……別れが近付いている証でもあります。

「少し、あなたに近付き過ぎたのですね？　こんなにも……あなたが欲しいと思ってしまうほどに」

私も、ナナシちゃんのような子供が欲しかった。好きな人と結婚して、子供を産んで、幸せな家庭を築いて……そして、子供を抱きしめてあげたかった！

……できるじゃない。この子に取り憑いて殺せば？　そうすれば、ずぅっと一緒に……。

「……!?」

私は、何を考えて……!?　いけない！　今はナナシちゃんから離れないとっ!?

私は逃げるように、ナナシちゃんから離れていった。


今、私がいるのは村で一番高い木の上。

私はこの村で死んでゴーストになったので、この村から離れることはできない。

「いけない……いけないよぅ。ナナシちゃんを想えば、想うほど……一緒にいたくなる、欲しくなる、奪いたくなる！　その、無垢な未来を!!」

「やめて！　あの子の未来を奪うなんて許さない！」

分裂しかけている私の心。お願いだから……もう少し我慢して。

私は空に浮かぶ月を見上げて祈った。

せめて、ナナシちゃんがクエストを完了するまで……もってください、と。

◆◆◆

「ふがっ!?　ふにゅにゅ……」

朝か……ふふっ。またしても話の途中で寝てしまったぜ（滝汗）。

朝飯に桃を創り出してかじりつく。

ガシュッ！　シャキシャキ……ゴクン！

今日は勢いよく食べてみた。そうすると、微妙に音が変わっているのだ。最近の楽しみの一つである。げっぷ。

「っしゃ！　腹はふくれた！　仕事だっ！　労働だっ！」

村の中心に集められた遺体は、かなりの数になっていた。ざっと二十体くらいになる。

今日でこのクエストを終えることができそうだ。残りは、村の外にある白骨死体が数体のみだからである。俺がんばった！　えらいっ！

「やるぞっ！　今日でクエストクリアだっ！」

俺は気合を入れて白骨の運搬に勤しんだ……。


「おまえで最後だ。やっと仲間に会えたな」

俺は最後の白骨死体を村の中心に安置した。三日間かけて、全ての遺体を村の中央に集め終えたのだ。いやはや、長かった。すっかり日が暮れてしまったぜ。

「ふい～……桃先生！　いらっしゃ～い」

俺は手から桃を創り出す。「待たせたな……」と言わんばかりの、美味しそうな桃が創り出された。

それを間髪入れずに食べる。

しゃく、もきゅもきゅ……ごくん！

「仕事の後は……これに限るぜ！」げふぅ！

腰に手を当て、まるでおっさんのような台詞を言う俺。……実際、中身おっさんだし問題ない。

「あらあら、なんだか中年のおじさんみたいな台詞ですよ？」

と、俺の頭に手を添えて話しかけてくるエルティナさん。ひんやりとした感覚が頭から伝わってくる。幽霊故、致し方なし。

「たぶん、これで……全部だと思う」

エルティナさんは、少しさみしそうに「ありがとう」と言って笑った。

まあ、仲間の遺体や村人の遺体を見てるわけだし、仕方ないのだろう。実際エルティナさんも死んで幽霊なわけだし。

「……あとは、お墓を作って埋葬するだけですね」

俺は頷く。

「さぁ……クエストを達成したから、報酬をあげないといけませんね？」

エルティナさんは、俺の頭の手に魔力？　を集め出す。うおお!?　大丈夫か!?

まさか「かかったな!?　阿呆が！　クロスサンダースプラッシュ！」

どぎゃぁぁぁぁん!!

残念！　君の冒険は終わってしまった！　……な、展開はないよな？　な？

「これから私の魔法と知識をナナシちゃんに継承させます」

「へ？」

俺はキョトンとした。そんな報酬があるなんて！

それが本当なら、俺はいきなり魔法使いとしてデビューできるじゃないか！　うほっ！

「大丈夫です。痛くありませんよ？　実際にこれを使うのは初めてですが」

……大丈夫か？

「最初で……最後の魔法です。絶対に成功させます」

やがて俺の頭の周りを光の螺旋が取り囲み、頭の中に光の螺旋が入ってきた。

ふおおお!?　なんじゃこりゃぁ!?　今まで知らなかった、この世界の魔法知識が。言葉が。この世界のことが。色々入ってきた。

そして……エルティナさんの今までの記憶、今に至る経緯……おおぅ、超ハード。

俺と出会ったこの三日間のことも。楽しかったこと、嬉しかったこと、悲しかったこと、悔しかったこと、そして無念だったことも……俺は継承した。

「……これで継承は終わりました」

継承を終えたエルティナさんは静かに涙を流していた。

「ごめんなさい。この魔法は知識以外に、記憶も継承させてしまいます。不愉快な記憶もあったでしょう？」

ああ、不愉快だった。

あの腐れ外道共は見つけたら制裁を加えておく。がんばるのは桃だがな！

「問題ない、大丈夫だ」

俺はハッキリとこの世界の言葉で告げた。これで会話も大丈夫になった。

やったね！　俺！　……お？

エルティナさんが驚いた顔をしているぞ!?

「よかった、無事に魔法も成功したみたいで……」

ほぅ……と、胸をなで下ろす。そして彼女は告げる。

「では……そろそろ、私はこの世から立ち去ろうと思います」

そう言ってきた。

「もう行っちゃうのか？」

「はい。そうしなければ……私はナナシちゃんを……」

ギュッと胸に手を当て悲しそうな顔になる。

「本当はもっと、一緒にいたかった！　ナナシちゃんとお別れなんて……したくないです！　でも、でもっ！　私の中の悪い部分が、そうはさせてくれないのです！」

ボロボロと、大粒の涙を流して泣くエルティナさん。

「エルティナさん……」

「それに、私をここに縛り付けていたものは、全部ナナシちゃんが解決してくれましたから……」

俺はそれ以上、何も言えなくなった。

「本当に？」

俺の言葉に、微笑むエルティナさん。

「ええ……私は死んだ身。本来なら、五年も経てば悪霊になってもおかしくはないのですから」

次第にエルティナさんの姿が、淡い緑色の光へと変わり崩れていった。成仏しようとしてるのだろう。短い間だったが、お世話もしたし……されもした。

ちょっと名残り惜しいが、これ以上は酷というものだろう、あんな体験したのだから。あれは悲惨だった。俺も何か対策を練っとこ。

……あ、気付いた！　一つ継承してないものがあった！　そう、とても大事なものだ。

消えかけているエルティナさんに話しかける。

「エルティナさん！　俺……名前が無いって言ったよな？　エルティナさんの名前……継承してもいいかな？」

そう名前だ。俺には名前が無い。自分で付けるのは嫌だし、センスも無い（致命的）。

そこで、この世を去る彼女の名を受け継ごうというのだ。

じっ……とエルティナさんを見る。

「ありがとう……あなたは今日から、エルティナ・ランフォーリ・エティルです」

涙を流し、嬉しそうに笑いながら、初代エルティナは光の粒となって……天に昇っていった。

我輩はエルフである。

名前はエルティナ・ランフォーリ・エティル。

……と、ある女性の名前と知識と魔法……そして思いを受け継いだ二代目である。

ひゃっほう！　我輩はエルフ！

名前はエルティィナ・ランフォーリ・エティィル‼

名前が付いたよ！　やったねエルちゃん！

……と、現在魔法で穴を掘っている全裸幼女の俺。名前と魔法が使えるようになったけど、未だに全裸だぜ⁉　てなわけで、テンションましましで墓穴を掘っている最中である。ついでに魔法の練習も兼ねている。

継承した魔法は全て下級魔法であったが、なんと全属性の魔法が揃っていた。もちろん知識も受け継いでいるので使える。

「ふおぉ……魔法やべぇ。マジやべぇ！」

現在使ってる魔法は『アースブレイク』という魔法で、効果は地面を砕くというものだ。

練度が高まると、砕くのでなく砂にできるらしい。

そして砕いた地面を重力魔法『ゼログラビティ』で軽くし、風魔法『ムーブメント』で移動させる。『ゼログラビティ』は物の重力を軽くする魔法。『ムーブメント』は風の力で物を動かす魔法。いずれも戦闘用の魔法ではなく、日常で使うものだそうだ。

もちろん戦闘用の魔法もある。火魔法『ファイアーボール』だ。いわずもがな有名魔法である。効果も相手にぶつけて爆発させる……である。おお、怖い怖い。

やがて穴を掘り終えた俺は、亡骸達を穴に納め、上に土を被せていく。もちろん魔法でだ。意外と俺魔法のセンスあるかも⁉　と考えてたが、何てことはない。俺エルフじゃん？

適性があって当然の種族で何を浮かれてんだ？　それに気付いたら、恥ずかしくなって頭を抱えてしゃがみ込んだ。

たぶん俺の耳は、恥ずかしさのあまり真っ赤っかだろう。しょぼ～ん。

って、こんなことしてる場合じゃない。墓石を用意しないと！

俺は手頃なサイズの石を『ゼログラビティ』で浮かせて『ムーブメント』で移動させる。

「慎重に、慎重に……」

目的地まで石を移動させて……魔法を解除だ！　……ドスッ！　と、石が落ちた。

「少しずれた」

まぁ、いいだろう！　誤差だ！　誤差!!　で、最後に……初代の墓も作っておこう。

俺は小さくて綺麗な石を、俺と初代がいつも話す場所に使っていた木の根元に安置した。

「これでよし……と。初代はもう天国に着いたかな？」

俺は空を見上げた。日は傾き、星達が輝き始めている。結構な時間が経っているようだ。

さぁ、初代の墓を仕上げよう！　あとは花を飾っておこう。そうしよう。

そんなこんなで、墓を作り終えた頃には、とっぷりと日が沈んでいた。

俺は薪に火魔法『ファイア』をかける。薪はそこら辺に落ちていた、木の枝や崩れた家の壁だ。

家の壁は木で作られていた。火事になったら大変だ。火の用心！

さて『ファイア』だが……名前だけなら攻撃魔法っぽいが、生み出せるのはマッチ程度のしょぼい火だ。

これも日常魔法。初代は日常魔法が得意だったようだ。家庭的だったのだろう。

そして、今日は朝早く近くの森に足を運び、採集と狩りをしたのだ！　冒険者としての知識を継承した俺は、それを利用し見事……鶏っぽいのを仕留めた。

ふふふ……絞め方や血抜きもバッチリだぜ。

「塩があれば良かったんだがなあ」

現在、鶏のモモを火の近くで、ジュージューと炙っている最中である。最高のＢＧＭだと思わんかね!?　ジュージューだよ!?　更に、香ばしい匂いが俺の鼻腔をくすぐる。久しぶりの匂いだぁ！　たまんねぇ！

肉から滴る脂がぽたぽたと火に落ちる度に、俺の腹はぐぅと鳴く。その煙は肉に香ばしさを与える。

「焼けたかな……？」

俺は肉を手にし一口。はぐっ！

柔らかな肉の感触。溢れる肉汁。堪らず俺は咀嚼《そしゃく》する。もぐもぐ！

ネットリとしたそれは、官能的なまでの旨みを舌に与えた。ごっくん！

「じょ～ずに焼けました～～～～～!!」

俺は雄叫びを上げた。やっと、まともな食事である。桃だけの食事ともオサラバである。

まあ、今も片手に桃もってかじってるんだが。さっぱりしてるから肉との相性バッチリだぜ！

焼いた肉をもりもりと食べ満腹になると、焼いてない肉がかなり残った。

だが問題ない。初代は生活魔法の達人だ。

空間魔法『フリースペース』。要は四次元ポケットである。

鶏っぽいやつを絞めるのに使ったナイフや罠も、これにしまってあった物だ。しかも食べ物は腐らないし、ある程度の量も突っ込んでおける。これも練度が上がれば、収納量が増えるようである。

残った肉を、魔法で出したフリースペースに突っ込む。

まぁ……見た目は黒い穴だ。それに手を突っ込んでしまったり、出したりするんだそうな。

……ん？　そういえば、これも継承したものだが……初代の道具も、そのまま残ってるのか？

気になったのでフリースペースから物を全部出してみる。

「おおう……こ、これは⁉」

黒い紐パンが出てきた！　迷わず俺は顔に、黒い紐パンを装備した！

「ふおぉぉぉぉぉぉぉぉぉぉぉぉぉぉぉぉっ‼」

………力がみなぎった気がした。えくすたしー！（変態）

まあ、これを使うのはもっと成長してからだろう。うん、そうだろう。

ええと……これは？　イヤリング？　ふむ、これは食えないな！　これは……？

「でかい！」

俺はそれを、おもむろに頭に載っけた。本来の使用法と異なるのは明確だった。本来は女性の胸部に当てる物だ。つまりは……、

「ブラジャー、ゲットだぜ！」

つまり、今はまだ使いようがない物であった。今の俺の胸は大平原である。将来も怪しいが……。

基本エルフって種族は、高い魔力と貧弱な肉体が定番だ。確かに例外はいるが。それが俺である

かどうかは……まだわからない。ささ、次々！　ごそごそ……。

「ハ……ハイレグスーツ？　と、ガーターベルト⁉」

なんというエロ装備の数々！　スタイルの良い初代だから許される品々だ！　当然、これらも今の俺では装備できない！　残念！　……なのか？

「指輪？　……そっか。恋人に貰った物か」

とても大事にしていて、いつも一日の終わりに着けて、眺めていた記憶がある。もちろん初代の記憶である。本当に好きだったんだな。

「あとは……ボロボロになったウサギのぬいぐるみだ」

初代の父親に貰ったプレゼント。子供の時に渡された物らしい。そんなものを未だに持ち歩いているなんて……相当、父親が好きだったのだろう。

「無念だったろうな……初代」

もう、生きて会うことができないであろう初代の心中を察し黙祷《もくとう》した。

「ん〜？　まだまだあるなぁ？」

お次は……きた！　調味料きた！　これで勝つる‼　やっぱり持ってた！　調味料の数々！　流石初代！　そこに痺れる！　あぁこがぁれるぅぅぅっ！

塩に砂糖、蜂蜜……うほっ、胡椒まで！　相当グルメだったようだ。メジャーな調味料に加え魚醤なども あった。流石に味噌や醤油はないか？　ってあるし⁉　すげぇ！　マジパネェ‼

「……勝ったな」

これだけあれば最早……人生勝利したも同然だ（大袈裟）。

貯蓄量もかなりのものだ。一人では到底使いきれない量である。

というか、どんだけフリースペースの練度上げてんだよ？　初代様（呆れ）。

他には調理器具一式に見事な包丁。包丁は見事な文様と飾りが付いており、かなり価値が高いものと推測できる。

継承した記憶を調べればわかるが、見る度に嫌な記憶も見るはめになる。できる限り見ないようにしてるのだ。胸糞悪いからな！

あとは……お？　こ……これは⁉

小さなローブと杖……あとはサンダル。そして、服だぁぁぁぁぁぁぁぁぁっ‼

「うぉぉぉぉぉぉぉぉぉぉんっ‼」

やったぞ！　遂に……遂に！　裸族を引退できるぞ‼　嬉しさのあまり、俺は何度目かになる雄叫びを上げた。早速、装備してみよう。下着は流石になかった。

子供用のはな！　大人用のはあったよ‼　初代はスタイル良いから、結構エロいの揃ってたよ！

うひひ！　おおぅ、エロいエロい‼

さて、現在俺は緑色のローブにピンク色の服にサンダルという姿だ。

おいぃ……子供服まで、肌の面積多めとかドウナッテンダ？

ピンクの服は、胸から上がなく下もミニスカートであった。ベルトで固定しないとストンと落ちる。ローブがなかったら危なかったぜ……。

ミニスカートの下には当然下着などなく、風で捲れたら女の子の部分が「コンニチハ」してしまうからな！　まぁ、全裸で駆け回ってた俺が言うのは、今更なわけだが……。

だが、これで気兼ねなしに町や村に行ける！

俺は期待に胸を膨らませ、眠りに就くことにした。ぐぅぐぅ、すやすや。


次の朝、墓の前に立ち寄り、初代に旅立つことを告げる。

「初代、あなたに貰った魔法と知識で俺は生きていける。本当にありがとう！　どうか安らかに眠ってくれ」

手を合わせて目を閉じ静かに祈る。初代の安らかな眠りを。

「じゃ、行ってきます！　冒険の旅へ!!」

俺は元気良く、初代に冒険の旅に出ることを告げる。その足取りは軽い。

ふふふ……待っていろ！　未知なる食材共よ！

魔法を身に着けた俺は、野望に一歩近付いたことを実感しつつ町を目指す。状況がどう変化しようと、俺の目的は美味しいご飯を食べることである。

「目指せ、世界食べ歩き！」

俺の野望である。ちなみに初代もこれに近い目的で、冒険者になっていたようだ。

今日はとっても良い天気だ。旅立ちにふさわしい。俺は元気に町を目指し、歩き始めたのだった。

暫く道を歩くとボロボロの看板を発見した。なんじゃらほい？

「んと……王都フィリミシアこの先……後は消えてて読めんな」

ふふふ！　俺はこの世界の字も読めるようになっている！　もちろん初代のおかげだ！　ありがたや、ありがたや……。

「王都か！　冒険の拠点には格好の場所だな！」

俺は、わくわくしてきた！　いよいよ冒険者らしくなってきたのではないか!?

正直、俺の歳では早過ぎるかもしれないが……そんなものは、やってみなくてはわからないだろう。

いや……今の俺ならきっとできるに違いない！

初代から継承した魔法が早くも火を噴く可能性が!?

「よぅしっ！　いっちょ目指してみるか！」

目的地が決まり、俄然やる気が出る。ふんすふんす言いながら、目指すは王都フィリミシア！

そして、空気を読まずに鳴る俺の腹の虫！　自重しろ！

「仕方ない！　その前に腹ごしらえだ！」

昨日食べ残した鶏肉を『フリースペース』から取り出す。……まだ温かかった。

「こりゃぁいいや。できたてなら、アツアツで保存できるぞ！」

俺は肉に塩を振り、歩きながら食べた。王都フィリミシアに向かって……。

三時のおやつ　聖女と珍獣になったエルフ幼女

今、俺はでっかい門の前にいる。

正確には、その門を潜るための入国検査の列に並んでいるところだ。

その門を抜ければこの世界最大の都市と言われている、ラングステン王国『王都フィリミシア』だ。

人口約八千人を有する巨大都市で、施設も充実しているとの話である。

まぁ、元住んでいた世界じゃ、それほどでもないが……この世界であれば大したものらしい。

いやぁ……遠かった。廃村を出てからここまで二週間もかかったぜ!?

馬車だともっと早いらしいが、そんな金持ってないしな。そもそも、乗るところ知らんし。

しっかし長い列だな、キビキビ検査しちまえよな～とか思ってたら……前に並んでいた冒険者らしきおっさんが話しかけてきた。

「今日は随分混んでるなぁ？　嬢ちゃんは、お父ちゃんと都市観光か？」

と、気さくに話しかけてくる。

恐らく、後ろの中年のおっさんが俺の親だと勘違いしているようだ。

尚、後ろのおっさんは人間の中年でメタボだ。商人か何かなんだろうか？　リュックサックをパンパンにしたものを三個も持っていた。パワー半端ないな!?

俺は今、初代から受け継いだローブを身に着けている。緑色のイカすやつだ。フードもしっかり被っているので耳は見えていない。それで勘違いしたのだろう。

「いや、俺にとーちゃんはいないぞ？　後ろのおっさんは他人だ」

と、しっかり否定しといた。メタボとーちゃんは嫌なのであ～る。

「はぁ!?　おまっ……浮浪児か？　でも身なりは小綺麗だし……」

冒険者のおっさんは、ちょっと考え込んでしまった。

俺はおっさんを観察してみる。

年の頃は三十代後半辺りか？　青い髪を短く刈り上げている。同じく青い瞳に……男の観察なんてどうでもいいか!!　面倒臭くなった！　簡単に言えばモブだ！　モブ！　よく背景にいるフツーの冒険者だ！　考えるだけ無駄だ！（激烈失礼）

と、考えることを放棄した俺だが……考えがまとまったのか、おっさんが再び話しかけてくる。

「いや、実はな……最近、盗難騒ぎが続いてな？　どうも犯人は子供らしいんだよ」

「ほぅ……？」

続けて、とんでもないことを俺に告げる。

「しかも黒エルフの子供だって噂《うわさ》だ」

「なん……だと……!?」

おいぃいいいいいいいいいいいいいっ!?

ピンポイントで俺が疑われるだろうが!?　なんでこのタイミングで、そんなことやらかしてるや

つがいるんだよ⁉　ふじゅけるなぁぁぁぁぁっ‼

「……お、おい？　大丈夫か？」

怒りのあまりプルプル震える俺を、心配そうに見るおっさん。心配してくれるのはありがたいが、今この問題のことで頭がいっぱいだ。

「おっさん、エルフでも問題なく中に入れる方法ってあるか？」

とりあえず、小声でおっさんに訊いてみる。何か上手い手を持ってないだろうか？

「なんで、そんなことを訊くんだ？」

変なことを訊くなぁ？　って表情のおっさん。

まあ、今日会ったばかりの子供だしな。よし、ここは信用を得るために、素直に耳を見せよう。

俺はおっさんをしゃがませ、フードの中の耳を見せる。

「嬢ちゃんエルフかっ！　しかも白エルフじゃねぇかっ⁉」

ぶはっ⁉　声でけぇよっ⁉　なんのために、コソコソやってると思ってんだ⁉

列に並んでいた人達が一斉に注目する。オワタ。これは完全に詰みってやつだ。ちくしょう。もう、開き直るしかないな！　俺は頭のフードを脱ぐ。金色に輝く長い髪と、大きくて長い……少し垂れ気味の耳が露わになる。

「……小声で喋ってたのが無駄になったじゃねぇか⁉」

その場にいた人が俺を取り囲む。

ちぃ⁉　俺を取り押さえるつもりか？　無実の罪でそんなことしたら、たとえ天が許そうと、この俺が許さんぞぉぉぉぉぉっ！

「うおぉ……本物だ！　初めて見たな、白エルフの子供！」

……なんだ？　人を『珍獣』でも見るかのような表情は？

「あの引き籠《こも》りで有名な種族の……しかも子供！　いやぁ……長生きはしてみるものじゃのぅ……」

と、禿げた爺さん。次は二十代くらいのお姉さんに抱き付かれ。

「か〜わ〜い〜い〜!!　お持ち帰りしていい!?」

とか言われ……最後には、皆に揉みくちゃされた。ふきゅん!?

おいぃぃぃぃぃ!?　耳に触るな！　くすぐったいんじゃ！　ひゃん!?　髪の匂い嗅《か》ぐなおっさん！

ヴァー!?　だれだケツ触ったの!?　ふきゅん!?　ほっぺをふにふにするなし!?

かなり、カオスな状態になったのは……言うまでもなかった。


話によると、この世界にもライトエルフとダークエルフがいるらしく、単に肌の色で白エルフ、黒エルフと分けているらしい。

白エルフは超引き籠り体質で、基本エルフの国から出てくることはないそうだ。それでも数百年に一度、人里に現れて魔法を伝授したりするらしい。人との繋がりを維持するためだそうだ。

黒エルフは千年も前から人間の奴隷として扱われていたらしい。

エルフの王国の犯罪者は、肌の色が黒くなる呪いをかけられるそうだ。その後、王国を追放される。その追放された子孫が、黒エルフと呼ばれているようだ。

呪いによって魔法が使えなくなった黒エルフは、人間に捕えられ奴隷となった。

まぁ、あとは……よくある話になっていく。近年、ラングステンの王様によって奴隷解放令が敷かれ……晴れて自由の身になったらしい。子孫はいい迷惑だったな。

てなわけで、白の俺はそれほど警戒されるでもなく、無事に王都フィリミシアに入ることができた。よかった、よかった。

「いやぁ……すまん、すまん！　こんなに騒ぎになるとは思わなかった」

「すまんで済むかっ！　ひで〜めに遭ったぞ!?」

おっさん冒険者が頭をポリポリ掻きながら謝ってきた。俺の心が、海のように広くなかったら今頃、墓の中だぞ!?

「悪いって！　俺はアルフォンス！　おまえさんは？」

おっさんはアルフォンスというらしい。名乗られたら名乗り返さなくては！　今の俺には、立派な名前があるのだから！

「俺の名はエルティナだ！」

にかっ！　と笑って言った。

「良い名前だな！　ところで王都は初めてか？」

「初めてだ！　というか、人が住んでいるところは初めてだ」

ビックリした表情のアルフォンスのおっさん。

「どれだけ引き籠りなんだよ!?」

と、言ってビシッと俺にツッコミを入れた。

「そんなこと、言われてもなぁ？」

返答に困るんだぜ？

「ま……まぁ、案内が要るなら俺がしてやろうか？　さっきのお詫びも兼ねて、な？」

「ふむぅ……うん、よろしく。アリュポンス……」

……かんだ。何か言い難い名前だ。そのうち短縮して言ってやる。

「はは、少し言い難いか？　まぁ……そのうち、きちんと言えるようになるさ」

「努力しよう」

ちなみに……入国料は銅貨五枚。おっさん冒険者のアルフォンスに払わせた。迷惑料として。


やってきました！　王都フィリミシア！

王都というだけあって立派な建物がいっぱいだ！　西洋の建物が並ぶさまは、まさにいつか見たファンタジー世界そのもの！　そこに俺は……今いるのだ！　更に入り口には！　ヴォォォォォォッ！

屋台がいっぱいだ!!　食いてぇ!!　でも金がねぇ!!

「ははっ……凄いだろ？　ここが、南門名物の露店街さ」

アルフォンスのおっさんが言うには、ここで冒険前に必要な物を買うのが良いそうだ。

ちゃんと値段を見ないと、ぼったくりがいるとのこと。

どこの世界でも同じことしてるやつがいるなと感心していると……、

「ほら、あそこがヒーラー協会だ。登録してきな」

うん？　ヒーラー協会？　なんじゃそりゃ？

「ん？　白エルフは治癒魔法の素質が高いから、てっきり治癒魔法の修行に来たのかと思ったんだが？」

初耳です。本当にアリガトウゴザイマシタ。

「アリュ…………、俺は冒険者になりたい」

……名前かんだ。言い難いって言ってんだろっ！（やつあたり）

「ん～でも、おまえさん……まだ、ちっこいからなぁ？　登録無理だわ」

が～ん。なんてこった……金が稼げないじゃないか⁉

「けど……治癒魔法覚えりゃ、何かと役に立つぜ？」

アルフォンスのおっさんは、露店で治癒の仕事をしているやつがいる……との情報をくれた。

ほう、それならばお金を稼げるかもしれん。ふひひ。

この世界では、治癒魔法の使い手は少ないらしい。素質が高いとされる種族は白エルフ。つまり俺だ。他のやつ等は、超引き籠りなのでいないのと同じらしい。もっと出てこいよ白エルフ。

「ま、治癒魔法が使えればの話だがな」

中には詐欺《さぎ》まがいの治癒魔法しかできないやつがいるらしい。

そこで、登場したのがヒーラー協会。

登録には素質を調べる魔法を使い、適性があれば指導、訓練の後……晴れて登録となるらしい。

「とりあえず行ってみようぜ？　大丈夫、おまえさん素質あるよ」

なんでも白エルフはS～Eまである六段階のランクのうち、最低でもCは固いらしい。

ちょっと期待しても良さげだ。

まぁ、素質があっても努力しないと腐るから油断はできない。

「よし、それしか稼ぎようがないなら……やるしかないな！」

気合い入れて俺はヒーラー協会に向かった。うお～！　俺はやるぞ～！


アルフォンスのおっさんに手を引かれ……歩くのが遅かったため、途中でおんぶされて目的地のヒーラー協会に着いた。俺達が入った南門から中心地寄りに、その建物はあった。

「お～、ここがヒーラー協会か⁉」

「あぁ、そうさ。ここがヒーラー協会！　傷ついた者達が、最後に頼る場所だ」

ヒーラー協会は、とても大きな施設だった。パッと見……三階建かな？　う～む、何に例えればいいだろうか？　うん、あれだ。小学校くらいの大きさだ。外観は飾りっ気のない白い外壁。入り口は、何かの神殿のように柱が並んでいた。飾りかな？

「でけぇ」

「まぁな。ここは、マイアス教会も入ってるからな」

なるほど、それでこんなに大きいのか。ただ単に儲けが凄いのかと思ってたぜ。

「眺めてるだけってのもなんだ……中に入るぞ～？」

「ぬぁっ⁉　置いてくな～！」

さっさと中に入って行くアルフォンスのおっさんを追いかけるために、俺は走り出した。


協会の中は、人でごった返していた。傷付いた人が沢山いる。

パッと見は……元いた世界の病院と同じ感じだった。

白い壁に広い待合室。そこに治療待ちの大量のけが人。

「……ヒーラーが待合室に出張してるのか……？」

苦しむ負傷者を必死に治療するヒーラー達。おそらくはもう……息絶えているだろう冒険者。そして、泣いている仲間達……。

「何？　この戦場……」

アルフォンスのおっさんは、頬をポリポリ掻きながら……、

「ここは、いっつもこの有様さ。足りないんだよ……ヒーラーが」

なるほど、ここにいる負傷者は……ほぼ冒険者かな？

「無茶するやつが、後を絶たないってことか？」

そう告げると、アルフォンスのおっさんはあさっての方向に顔を背《そむ》けた。

「……痛いところ突くな？　おまえさん。……そのとおりだ」

改めて、俺に顔を向ける。

「現在……このヒーラー協会は、優秀なヒーラーがいないのさ。前に魔王討伐で、優秀なやつが軒

並み死んじまった。しかも、討伐は失敗。……最悪の結果さ」

げぇ!? 魔王!? お約束なやつまで完備とかマジ勘弁！

「でだ……おまえさんがヒーラーとして活躍してくれれば……冒険者達も、もう少しマシになると思うんだ」

続けて言うアルフォンスのおっさん。その表情は……苦虫をかみ潰したようだ。くっそ苦そう。

「育つ前に……死んじまうんだよ。若いやつ等は無理するからな」

わかるわ〜。俺も、よく無理して酒飲んで吐いてたから。え？ ちょっと違う？ 大して変わらんだろ？

「まあ……よくわからんが、俺がヒーラーになって金稼げば、冒険者が喜ぶってことか？」

アルフォンスのおっさんは苦笑して、それでも嬉しそうに「そうだ」と告げた。

でも、俺の頭を豪快に撫でるのはやめろ！ ぐしゃぐしゃになるだろっ！ むき〜！

「ま、とりあえず……そこの登録コーナーに行って登録してきな？」

指差す方には、登録と書いた看板の下で女性スタッフが待機していた。暇なのか時折欠伸《あくび》をかみ殺しているようだ。……ちゃんと働け。

俺は登録コーナーに向かった。

「おいいぃぃ？ 登録してくれ」

「ふぁ？ はいはい、少しお待ち……を？」

女性スタッフは、驚いた顔をした。なんだ？　その珍獣を見たって顔は……デジャブ？

「うあぁぁぁぁぁ⁉　白エルフだぁ⁉」

ざわ……ざわ……。

急にロン！　とか言いたくなる雰囲気になる。いや、そうじゃない……今はそんなことどうでもいいんだ。

女性スタッフが騒ぎ立てたせいで、俺に注目が集まってしまった。

「し……白エルフだ！　これは期待のルーキーが来たぞ！」

「はぁぁぁ……！　これで少しは楽になるかも⁉」

「バカ言ってんじゃないの！　まだ小さい子供よ⁉」

等々、まだ治癒魔法が使えない俺を、戦力に見ている者が多数いた。切実過ぎる……。

「き……救世主が来ましたよ！　マスター‼」

ガタンッ！　と椅子を吹っ飛ばして、勢いよく立ち上がる女性スタッフ。

その反動で、ブルンと揺れる豊かなおっぱい！　でかい！　爆乳だ！　柔らかそう。

背はそんなに高くないか？　中肉中背といったところだ。茶色い髪の毛を刈り上げたおかっぱ頭に、丸い眼鏡をかけた童顔の女性だ。胸のネームプレートには、ペペローナ・トトンと書いてあった。

「ししし……少々、お待ちくださぃ～‼」

と言って、バタバタとペペローナさんは奥の部屋に走っていった……あ、こけた。

やはり、おっぱいの大きい女性は転びやすいのか？　検証が必要だな！

暫くすると、奥からペペローナさんと三十代前半のイケメンが姿を見せた。イケメン爆ぜろ。

「これは……珍しい。ようこそ、ヒーラー協会へ！」

大げさなお辞儀をして俺に挨拶するイケメン。

茶色い綺麗な髪を、中分けにして流している。整った顔立ち。眼鏡の奥には優しげな目があった。

しかし、眼には強い意志が宿っていた。少しやせ気味で儚《はかな》げな印象の男性だった。

おめ～その微笑みで何人の女を泣かせてきたっ!?　イケメンは、存在するだけで罪だということに気付いていているのかっ!?

……許せん（嫉妬）。

「私はヒーラー協会のギルドマスター。レイエン・ガリオ・エクシードと申します」

以後よろしく……と、再度仰々しく挨拶する。

……向こうも挨拶したならこっちもしてやらんこともない（尊大）。

今日の俺は紳士だ、命拾いしたなイケメン！

「エルティナ・ランフォーリ・エティル。登録しに来たぞっ」

……ちゃんとフルネーム言えた！　偉いぞ俺！　よしよし！　さっさと登録だ！

バシバシ机を叩きながら「はよっ！」と急かす。……実際には、ぺちぺちだが。

「え……？　エティル？　男爵家の方ですか？」

イケメンが、わけのわからんことを言ってくる。芋じゃねぇよ！　ポテト食いたいけど。

登録だ！　登録!!　早く露店で、治療業を営んでお金持ちになるのだ！

「エルティナで登録！　はよっ！」

再度、バシバシ机を叩いて催促する。やっぱり、ぺちぺち……としかなってないが。

「は、はあ……では、適性を調べますので、これに魔力を注入してください」

と、何やらカードを渡してきた。なんだこりゃ？　仕方ないので、言われたとおりに魔力を注入する。思いっきり！

「きぃぃぃぃぃぃぃえぇぇぇぇぇぇぇぇぇいっ‼」

無駄に入れてやった。げへへ……少しはストレスも発散できただろう。……ん？　何かカードがバチバチ言ってる。手に持っているカードの様子がおかしかった。カードが薄っすらと光り小刻みに振動している。ブルブルブル……。こ、壊れた？

「は……はい、結構です」と、若干……引き攣《つ》った表情で言われた。俺はカードを渡す。

「では、適性は……⁉」

口を押さえ、顔を青ざめさせるイケメン。

なんだその顔は？　まさか、適性低くて信じられない……と言うのを我慢してるのか？　そうだったら泣くぞ俺？

「エルティナさん。少しお話がございます」

と、イケメンが言ってきた。ナンパか⁉　流石にそれはないか。なんてことを考えていると「奥の部屋まで御同行お願いします」と、奥の部屋まで俺達を案内した。

三十分後……。

現在この部屋には俺、アルフォンスのおっさん、イケメンに……七十代くらいの偉そうな爺さんが座っていた。深いシワが刻まれた顔には、意志の強そうな瞳がギラリと光っている。白を基調とした衣服には、金の装飾が縫われていた。

うん……たぶん偉い人だ。

「初めまして。私はマイアス教最高司祭、デルケット・ウン・ズクセヌと申します」

うわぁ、宗教出てきた。ろくな予感がしない。なんでここで宗教が出張ってくるんだよ？

お隣がマイアス教の教会なのは知っているが、俺とは関係ないだろ？

アルフォンスのおっさんなんか、顔青ざめさせて「なんでここにいるの？」って顔してんぞ⁉

とっとと、お帰り！

「では……素質の結果をお伝えします」

イケメンが、緊張しながら結果を告げる。少し声が震えているようだ。

「……Sです」

ざわ……ざわ……ざわ……ざわ……。

四人しかいないのに「それはどうよ？」とかツッコみたくなる。周りを見れば……爺さんは眉間のシワを深くし、アルフォンスのおっさんは、半分……魂が出ていた。イケメンは青ざめてはいるが、おっさんよりはマシといったところだ。

「……その結果は、間違いないのだね？」

「ええ、間違いありません」

爺さんとイケメンで勝手に話が進んでいる。

なんなの？　本当に……さっさと登録済ませて、俺に『金の生る木』を与えるのだっ！

ハリー！　ハリー!!

「エルティナ様、あなたは間違いなく『聖女』としてこの世に遣わされたのです」

ふぁっ？　爺様！　今、なんつった!?　聖女だと!?

凌辱《りょうじょく》率トップを爆走するキャラじゃねぇか!!　冗談じゃないぞ!!

絶対お断りだ!!　俺はあんな体験嫌だぞ！　初代の記憶に刻まれたあの体験……直接でないにしろ虫唾が走る！

「今この世は、魔王に因《よ》って破滅の危機に向かってますが、いずれ異界より勇者が現れ世界を救うことでしょう。ですが、それまでに多くの犠牲が出てしまいます！」

爺さんは唇をかみしめ話を続ける。必死な表情だった。

「このタイミングであなたが現れたのは、間違いなく女神マイアス様のお導き！　どうか……我々を御救い願いたい!!」

そう言うと、ガンッ!!　とテーブルに額を叩き付け、俺に頼み込んだ。

おいおい……テーブルに亀裂入ってんぞ？　ひぃ！　流血ぅぅぅぅぅ!?　医者！　医者を呼べぇぇぇぇぇ!!

「あばばばばばば……」

「デルケット様、エルティナ様が困惑しております」

おろおろしてると、イケメンが助け船を出してきた。助かったよイケメン。

はっ⁉　と我に返った爺さんが顔を上げる。額から血がドバドバ出てたが、爺さんは魔法ですぐ治した。治癒魔法、超便利。

「申し訳ありません。つい……取り乱してしまいました」

しょんぼりして……謝る爺さん。年なんだから無理スンナ。

「ですが……この五百年間Sランクの者は現れず、魔王復活に合わせ……あなたがこの地にいらっしゃいました。これを運命と言わずして何になりましょうか？」

あ、これはやばい。断れないパターンだ。『はい』って選ばないと永遠にループするやつだ。……詰んだ。なんという罠⁉

「どうか……どうか、我々にお力を！」

まいったな。世界食べ歩き計画があるのに。俺は少し考えた。

……ぽくぽくぽく、ちーん！　む、ティンときた‼

「わかった。引き受けよう」

おおっ‼　と声が上がる。甘いな！　最後まで話は聞くものだ！

「ただし、魔王を倒すまでな？　俺にもやりたいことがあるんだ。だから、それまでは……協力してあげるんだからねっ！　勘違いしないでよねっ⁉」

……なんか、ツンデレ風になった。どうしたんだろう？　……解《げ》せぬ。

「ありがとうございます！　ありがとうございます!!」

と、俺の手を握り深々と感謝する爺さんとイケメン。

アルフォンスのおっさんは、完全に蚊帳《かや》の外だった。この急展開に付いていけず、真っ白に燃え尽きている。アルフォンスのおっさんは泣いていい。

話が纏まったので、明日は王様に会い……おいおい!?　いきなり明日って!?

「王様って、いきなり会えるものなのか？」

「それについては大丈夫です。無理やり時間を作らせます」

デルケット爺さん超強引!?　王様相手にそんな無茶を……。


なんだか、物凄く無茶振りをしているデルケット爺さんを心配しつつ、明後日から早速、治癒魔法の訓練が始まる。

いきなりとんでもないことになったが、まあ自分の身になることだし、良しとする。この決断が吉と出るか、凶と出るかは……まだ先の話になるだろう。

俺はイケメンに案内された部屋のベッドに潜り込んだ。

「うおぉぉぉ……ふかふかだぁ！」

そう、この世界に生まれてから俺は、ふかふかの布団で寝たことがなかったのだ！

「はぁぁぁぁん！　気持ちいい！」

地面で寝るのとは大違いだ！　布団の感触を味わっているうちに、俺は寝てしまった。

ぐぅぐぅ……。


ぐんも～にん！

ベッドでご機嫌な白エルフです。

俺は今、豪華な服を着せられてる最中である。

白を基調とした、ゆったりとしたワンピースは金色の装飾を施され、それに合わせて羽織るローブも同じく、白を基調として金の装飾が施されていた。頭に載った小さな帽子も同様である。白と金尽くしだ。

「おぉう、豪華だぁ……でも重い」

「少し大きかったですね。もう少し大きくなれば、丁度よくなりますよ」

今日の朝早く、デルケット爺さんに連れられてフィリミシアの城に来た。

町の北側にあるでっかい城で、ＲＰＧに出てくるようなやつだ。四角に塔があって、中央にどでかい建物があるやつ。中も相当広くて、迷子になる自信がある。ちょっとしたダンジョンだ。

そして、城の名前は『フィリミシア城』……普通だな！　なんの捻りもねぇ！（呆れ）

「さぁ、御支度が済みましたよ。……とってもお似合いです！」

着替えを手伝ってくれていたメイドさんに、似合うと言われて悪い気はしない。

馬子にも衣裳といったところだろうが……それでも「ありがとう！」と言っておいた。

俺が着ていたのは『聖女の服』だ。

といっても別に防御力が高いとか、特殊な力があるわけじゃない。ただの礼式用の衣装だ。お飾りということだ。

ま……王様に会うんだから、これくらいはね？

「よくお似合いです！　素晴らしく可愛らしい！」

「デルケット爺さん……興奮し過ぎなんだぜ」

なんだか、孫の晴れ着を初めて見る祖父……みたいな感じになってるぞ？

「こほん！　申し訳ありません。では、国王陛下がお待ちです……参りましょう」

俺はデルケット爺さんに連れられて、王様のいる『謁見の間』を目指した。

……てくてく。


「よくぞ参った！　わしが、ラングステン王国十四代目国王ウォルガング・ラ・ラングステンである！」

謁見の間には……やたら元気で、くっそでかい白髪の爺様がいた。しかも声がバカでかい。王様なので態度もでかい。でかい尽くしだった。

「陛下、お元気そうで何よりに存じます。本日は、こちらの『聖女』様を紹介しに参りました」

「ほぅ……そなたが『聖女』であるか？」

ギラリ！　と、俺を見る目が光った。ちょっと怖い。

だが、ここで怖気づいては……男が廃るってもんだ！　男は度胸！　ここはバーン！　とやってやるぜ！

「いかにゃも！　俺が『聖女』……らしい？」

と言って、デルケット爺さんを見る。首を傾げるのも忘れない！

まさかのキラーパスに、慌てるデルケット爺さん。迂闊だな！

「え……えぇ！　あなたは間違いなく『聖女』でありますよ！」

ちっ！　上手く処理したか。まぁいい。

「俺はエルティナ！『聖女』っぽい珍獣だ！」

胸を反らせて、尊大な態度をとる！　舐められてはいけない！

「ぬあ～⁉　……ふきゅん⁉」

反らし過ぎて、後ろに倒れた……いたひ。

「ふぉふぉふぉ……元気が良い子じゃの。近う寄れ」

「陛下⁉　しかし……」

デルケット爺さんが止めに入るが……「構わぬ」と王様は言った。

……おい、デルケット爺さん。今「ちっ！」とか言わなかったか？（汗）

俺は王様の近くまで行き……捕獲された。そして、王様の膝に俺は載せられている。

それを見て、悔しがるデルケット爺さん。そしてドヤ顔の王様。……何これ？

「そなたは小さいのう？　いくつになった？」

「たぶん……四……五歳？」

自分でも歳はわからん！　教えて！　偉い人！

「ふむ、親兄弟はおるのか？」

「わからない、気付いた時には一人だった」

その後も、王様の質問攻めは続いた。好きなもの、嫌いなもの、得意なこと、将来の夢、結婚はいつするか、いやいや……その質問はまだ早いだろう⁉

と、様々な質問をテンポよくリズミカルにされて、最後に……、

「では、ラングステンの『聖女』になってくれるかな？」

「いいですとも～」……ハッ⁉

やられた！　相手は王様！　デルケット爺さんとはわけが違う！

俺はチラリと王様の顔を覗き見た。してやったり顔の王様がいた。がってむ。

そして……デルケット爺さんも悪い顔をしていた。

「はかったな！　謀ったな⁉　デルケット爺さん！」

「ふふふ……あなたが、素質があって可愛いらしいのがいけないのですよ？」

お……おのれい！　これでも俺は白き珍獣！　ぶつけてやる！　この……。

「ふきゅ～～～～～～～～～～ん⁉」

じょりじょりじょり……。

いたっ⁉　いたたたたたたたっ⁉　待て、待て！　ほっぺが削れる！

王様は俺に、頬ずりをしてきた。髭が凶器になる瞬間である。

「ふぁふぁふぁ！　良きかな良きかな！　ラングステンに宝がやってきたわ！」

王様の豪快な笑い声と頬ずりで……俺はＫＯされた。


どうも皆さん、エルティナです。

中身は、おっさんです。

さて『王都フィリミシア』に着いた途端、聖女様に祭り上げられてしまって……早くも一週間が過ぎた。

ヒーラー協会の一部屋を、俺の勉強兼宿泊施設に宛てがわれ、そこで生活することになったのだが……。

毎日毎日、治癒魔法のお勉強だ。これも、お金のためなので我慢、我慢……と、言い聞かせながら、コツコツと使える治癒魔法を増やす日々である。

尚、コレは授業で学んだことなのだが……魔法は基本、無詠唱で使うのが普通らしい。

「ヴォー！　俺、無詠唱してる！　遂に俺はチート主人公だぞぉ!!」

と思ってウハウハしてた感動を返せ。

特に初級の日常魔法なんか、主婦が鼻歌交じりに使うものである。

ああ、そうさ。継承初日に、ウハウハしながら使ってたやつだ。笑えよ。しくしく……。

で……だ。『練度』というものがあって、繰り返し使ってるうちに練度は上がり、やがて無詠唱で使えるようになるらしい。

どの魔法も、最初は厨二病的な詠唱をしなければならないが……やっぱり長ったるい呪文を詠唱するのは疲れるのである。上級魔法になると、呪文がお経並みに長くなるらしい。ナニソレコワイ。

それでも、聖女様に祭り上げられている以上、覚えないといけないわけで……。

「ブツブツブツブツ……」

声に出すと恥かしいので、小声で高速詠唱という妙技を会得した俺である。

これでも魔法は発動する。もう、これでいいんじゃね？（確信）

「精が出ますねエルティナ様」

と、俺に話しかけてきたのは、指導員のエレノア・キュリデさんだ。

「そろそろ、休憩にいたしましょう。無理をしても得るものは少ないですよ？」

と、俺に休憩を促す。

彼女は若くして司祭になった才女で、歳は二十五歳。人間。

濃い目の金髪で、緩やかなウェーブがかかっている長髪。大きくパッチリとした二重まぶたに、瞳の色はルビーのような紅い色。鼻筋も整っていて、唇もぷっくりとして艶かしい。身長も170センチメートルくらいはある。女性としては大きい方だろう。スタイルは抜群でボン！　キュ！ボン！　である。以上のことから俺が纏めるに……、

「エレノアさんは、エロい」である。やべっ！　口に出して言っちまった⁉

「はぁ……？　私はエッチでしょうか？」

頬に手を当て、困った顔をする彼女。うん、エロいです。

「とりあえず休む。そしてご飯！」

と誤魔化した。そう、これからお昼ご飯である。この食事だけが、俺の荒んでいく心を癒すのだ……。

ちなみに食べる場所は、このヒーラー協会の食堂だ。

「いらっしゃいませ！　おや、エルティナちゃん早いねぇ？」

元気よく声をかけてきたのは、ここの食堂をまとめる女将さん。

名前は、ミランダ・ヒュリパークさん。人間、三十三歳『未亡人』これ重要な？

茶色く艶のある長い髪を、無造作に紐で纏め上げている。気の強そうな目に蒼い瞳。眉は俺ほどではないが太めである。それが気の強い女将さんの魅力を引き立てるのは、想像に難しくない。

スタイルは……でかぁぁぁぁぁぁぁい！　身長１９５センチメートル！

バスト１０５、ウエスト６５、ヒップ９３！　……まあ、いわゆる熟れた女である。

ハァハァ。おお、エロいエロい。尚、スリーサイズは推測なので変更になる場合があります。ご了承ください。

「今日は早めに勉強を切り上げたんですよ」

混んじゃいますからね？　と、エレノアさんは続けて言った。

そうなのだ、ここは混むのだ。女将に欲情したお猿共のお陰でな!!（激怒）

あの美貌とスタイルで未亡人である。そりゃ群がるわ。しかも料理が絶品とくれば、俺でもアタックする。今、幼女だけどな！　残念だぁ……。

「いつもの～」

テーブルをペシペシ叩いて催促する俺。

「は～い、オムライスね？」

そう、オムライスである。

これがまた美味い。ふわっふわの半熟卵が、ケチャップライスの上にかかっているものである。しかも、上にかけるケチャップが秘伝の製造で、サッパリとして後味爽やかなものになっている。一回食べたら病みつきになり、ここに来たら大抵オムライスだ。

もちろん、気分によって他の料理も食べるが。

「おまちどうさま！」

テーブルにオムライスが到着した。

「ふおぉぉぉぉぉ……」

俺のテンションはうなぎ上りだ！　まずは、この料理に敬意と感謝を込める。

これは向こうでもやってた俺の食材達に対する、こだわりとも言える。生きることは命を奪うことだ。それを食べ命を繋ぐ。なんと矛盾していることか？　命を保つために命を奪う。だが、そうしなければ生きてはいけない。きびしい！

俺は難しく考えるのは苦手なので、簡単に考えを纏めた。それは、食材に敬意と感謝を込めるである。要は『いただきます』だ。

「いただぁきぃまぁぁぁぁぁぁすっ!!」

はふっ、むぐむぐ……もきゅ、んぐんぐ……ごくん！　うぉん！　うんまぁぁぁいっ!!

トロけるような卵に絡まるケチャップライス！　くどくもなるケチャップライスを、自家製ケチャップが爽やかに……具の鶏肉の小間切れも、下味が付いていて美味い！　後はニンジン、ピーマン、玉ねぎ等も、甘味や苦みのアクセントを与えてくれる。これは……

「う～ま～い～ぞ～～～～!!」

俺は雄叫びを上げた。もう少し鍛えれば、口から怪光線が出るかもしれない。

「ま～た、エルティナは叫んでるのか？」

気さくに話しかけてくるのは、青髪のモブ冒険者アルフォンス三十五歳。女将を狙うモンキー一号だ。けしからん。

「かえれ」

間髪入れず文句を言う。俺の至福の時間を邪魔するな。

「ひでぇ!?　まだ何も食ってねぇよ!!」

うるさい。目的は女将だろうがっ！

「あら、アルフォンスさんいらっしゃい。今日は早いのね？」

と、営業スマイルが眩しい女将さん。

アルのおっさんは照れ隠しのように、ちぐはぐな受け答えを繰り返す。やがて、手近な席に腰を落ち着け料理を注文した。どうやら、唐揚げ定食にしたようだ。

「……無難だが、手堅過ぎる」

ギラリとした眼差しに、ちょっと引くアルのおっさん。

「勘弁してくれよ、美味いんだぜ唐揚げ」

「知ってる」

ここの人気メニューは、だいたい食べ尽くした。甘く見ないでもらおう（ドヤ顔）。

確かに唐揚げ定食は美味い。だが、それでは女将の記憶には残るまいて……。

超人気メニューなのだよ！　みんな頼みまくってるから、頼んだ人間なんて憶えてないよ？　俺なら絶対に憶えられない！

「おまちどうさま」

アルのおっさんのテーブルに唐揚げ定食がやってきた。

美味そうな唐揚げが、じゅ～じゅ～と音を立てている。それに付いてくるのは、柔らかなパンとコンソメスープだ。俺としては、白米と味噌汁が良いのだが……今は貴重品らしい。特に味噌。初代の味噌貯蓄量からして、相当金を突っ込んでるな。どんだけ食にこだわってたんだよ？　と、ツッコみたくなる。

戦争が終われば、また値段も元に戻るかもしれないってミランダさんは言ってたが。

そんなことを考えていたら、アルのおっさんが食べ始めていた。アルのおっさんは、モリモリと唐揚げ定食を胃に詰め込んでいく。

はふっ、じゅ……はむっ、もぐ……ずず……んぐ、んぐ……。

……わかっているようだな？

まずは唐揚げをほおばり、間髪入れずパンとのコラボを堪能し、コンソメスープで流し込む。一連の美しい動作からいって……唐揚げ定食歴……十年、といったところか？

「さて……そろそろ、お勉強の続きを致しましょうか？」

と、サンドイッチを食べ終えたエレノアさんが席を立った。結構時間が経ってたみたいだ。

「わかった」と言って俺も後に続く。

ちなみに、お金は協会が出してくれている。やったねエルちゃん！

午後の授業はだいたい夕方まで続き、夕飯をミランダさんの食堂で摂った後、少しの時間……一時間くらいかな？　の自由時間を堪能し就寝となる。

その一時間を、どう使うかといえば……。

「ほあた～!!」

俺は体を鍛えるのに使っていた。

いくら治癒魔法が使えても、身を守れなきゃ……いずれはやられる。冒険にだって耐えられないだろう。それではいかんのだよ！

尚、俺は武器の扱いの素質はEだった。おうふ。それどころか、各属性魔法の素質が軒並みDだったよ！　普通、白エルフってどんなにヘタレでもBだって話だよ？

やったねエルちゃん！　陵辱確率上がったよ！　がってむ！

「ぜえ……ぜえ……」

疲れた……こういう時は甘いものだ！　尊敬と敬意を込めて、今日からこの桃に先生を付けることにしよう！

桃先生！　オラに力を！　まばゆい光と共に桃が降臨した。

桃先生を見つめると「よかろう……私を食すがよい」と言った気がした。

「あざ～すっ！」

しゃく、じゅるる……んくっ。

「ぷは～、運動の後は桃先生に限るぜ……」

こういうことは、続けるのが大切だ。

たとえ素質がなくても努力でカバーする。俺の底力……見せてくれるわっ！

……とはいえ、まだ幼い五歳児なので無理はせず、疲れたらベッドに潜り込んで寝る。

この一週間は、治癒魔法の勉強と運動の繰り返しだ。そして二週間後には実地訓練が控えている。

できることは色々試す。これが森で得た俺の基本行動だ。未だ先が読めない日々。立ち止まることなどできようか。貪欲に技を体得し、魔法を身に着ける。鍛えろ肉体！　研ぎ澄ませ精神！　高みに上げろ我が魂！

「ZZZ……」

そんなことを考えてるうちに、安らかな眠りに就く俺であったとさ。


「チュ、チュ！　チュチュ！」

「おはやう。べいびーども」

ここ最近、毎朝律儀に起こしに来る青い小鳥達に挨拶をして、寝床から飛び出す俺。ここ数日の朝の光景である。俺は窓を開けて寝ているので、いつの間にかこの青い鳥や野良猫達が、布団の上でまったりとしていることがある。俺が寝てても同様で、中には布団に入り込んで丸くなってる剛の者もいる。侮れん。

「にゃ～ん」

窓の辺りにいた野良猫が挨拶してきた。

「おう、おはよう。今日も良い天気になりそうだな？」

窓から眺める空は、雲一つない青空であった。早く自由に町を出歩きたいぜ！　現在、俺は一人で出歩くことを禁じられている。理由は危ないからである。

治安が悪いわけではない。ここフィリミシアは世界有数の治安が良い街である。単に、俺が幼過ぎるからだそうだ。あと、珍しいから攫《さら》われる可能性があるそうな。

なんてこった……珍獣であるばかりに、いらん苦労をするハメになるとは。

「まぁ、仕方ないか。実際問題、俺は幼いのだ……体だけは」

中身、中年のおっさんだしな！　がっはっはっ！　と笑っていたら……コンコンと、ドアがノックされた。だれだろう？　怪しいやつかもしれない。

「合言葉を言え！　唐揚げ！」

「定食」

俺はドアを開けた。そこにはエレノアさんが立っていた。

「おはようございます。エルティナ様……って、裸じゃありませんか⁉」

「起きたばっかりだからな。暑いからパジャマは脱いで寝た」

森にいた時は常に全裸でいたからな。寝る時も用を足す時も全裸だった。これが意外と快適で、体を締め付けるものがないからぐっすりと寝れる。よって寝る時は全裸だ。

「もう、いけませんよ？　エルティナ様は聖女なのですから、もっと御淑やかになっていただかねば……」

あ、無理無理。中身おっさんな上に珍獣ですよ？　俺。

「努力した結果、御淑やかは裸足で逃走していった」

と答えておく。エレノアさんは、ガクッとコケそうになっていた。

「んんっ！　まぁ、今は未だ……子供ですからいいとして。将来、大人になって好きな人ができたら困りますよ？」

好きな人か……できるのか？　俺に⁉　ぶはっ！　できんだろう！　中身おっさんだぞ！

「そんなもの好きがいるとは思えんが……」

「大丈夫ですよ。エルティナ様は将来、美人になりますよ？」

と、笑って言った。美人ねぇ？　想像できん！　できるといえば……。

俺は自分の将来を想像してみた！　髪は短くパーマがかかっている。腹は三段腹になり果て、ドスドスと歩く姿は、まごうことなき……。

「オバはんやないかぃ！」

「ふえっ⁉」

エレノアさんがビックリしていた。しまった、口に出して脳内のオバはんにツッコミを入れてしまった。失敗失敗。てへペロ！

「あぁ、すまない。自分の将来の姿を想像したら、オバはんだったんだ」

「そうだったんですか？　ちょっと未来に行き過ぎたのですね」

少し困った顔のエレノアさん。変な子供だと思われてそう（確信）。

「それはそうと、そろそろ朝食ですよ？　支度をして食堂に向かいましょう」

「おぉう！　それはイカン！　すぐに支度をするぞっ！」

俺はバタバタと、服が畳んである籠に向かった。タンスもあるが背がちっこいので、手が届かないのだ。早く大きくなりたい。

着るのはマイアス教会で支給された服で、白を基調とした飾りっ気のないものだ。俺は服にこだわりを持たないので特に問題はなかった。服の構成は、ワンピースの服にフード付きのローブだ。シンプルでよろしい。

「うんしょ、うんしょ！　いっそげ！　いっそげ！」

言葉では言ってるが、服を着る速度は速くはならない。むしろ遅くなってる気がしないでもない。でも、言っちゃうんだぜ！

「よし！　おっけーだ！」

「おパンツがまだですよ？　エルティナ様」

あー⁉　またしてもはき忘れた！　この癖を直さんとなぁ……。
俺は籠の底に取り残されていた『ウサギさんパンツ』を取り出し装着した！
「これで完璧だぁ……」（うっとり）
「はい、御見事です。エルティナ様」
毎朝このようなやり取りが繰り広げられている。エレノアさんの広い心に感謝せねば！
俺はエレノアさんに手を引かれ、ヒーラー協会の食堂へと向かった。

食堂は朝早くにもかかわらず熱気に包まれていた。

「相変わらずの熱気だな」

「魔力も大切ですが、体力も必要ですから……」

ヒーラーに求められるものは、まず魔力、そして体力である。

長時間の治療に必要になる魔力は、体力がなければ当然、自分がまいってしまうからだ。ヒーラーの活動時間は長い。けがの治療を求めて日夜、けが人が押し寄せてくる。おまけにヒーラー自体が少ない……ときたもんだ。つまり、一人が何十人ものけが人を治療しなければならないということだ。これは酷い。でもそんなこと言ってられないのが現状なわけで……。

「これ……俺が加わって、どうにかなるのか？」

「エルティナ様なら、きっと現状を打破してくれますよ」

と、めっちゃ期待されていた。なんというプレッシャー！　期待に押し潰されそう！

「あ、あそこの席が空いてますね」

エレノアさんが手を引いて誘導してくれる。そして、椅子を引いて俺を持ち上げ座らせてくれる。至れり尽くせりだ。楽ちん楽ちん。そのままエレノアさんは、朝飯を取りに行ってくれた。まぁ、俺が行っても、飯をぶちまけてしまいそうだしな。

「お待たせ致しました。さぁ、いただきましょう」

「うほっ、待ってました！」

エレノアさんが持ってきた朝食を見て大興奮の俺。ここ最近は、毎朝こんなやり取りが繰り返されている。だって、仕方がないんだよ！　美味しいんだから。

朝食の内容は、ふかふかのパンに牛乳、スクランブルエッグにボイルしたウィンナー。スクランブルエッグには、特製のケチャップがかかっている。じゅるり。

更に生野菜のサラダ……トマトにレタス、キュウリ。それに玉ねぎのドレッシングが、サッと振りかけられていた。デザートには一口大のオレンジが添えられている。

「美味しそうだぁ……いっただきま～す！」

俺は、まず牛乳を一口飲む。ごきゅん。

そうすることによって、口の中を湿らしてものを食べやすくするのだ。続いてパンを手でちぎって口に放り込む。

「もきゅもきゅ……今日も良い味だぁ」

小麦の出来が良いのだろう。とても甘くて良い塩梅に焼き上がっていた。パンを堪能した後、今度はスクランブルエッグをパンに載せて食べる。もぐもぐ。

卵のふわふわ感、ケチャップの酸味と塩気、それをしっかりとしたパンが受け止める。パンがスクランブルエッグの味に力負けしてないからこそ、このハーモニーを味わえるのだ！　ミランダさんの腕前……半端ねぇ！（驚嘆）

コッテリとした味を堪能したので、次にサラダで口をさっぱりさせる。

シャクシャク、ジュクジュク……ゴクン！

レタスの歯応え、トマトの酸味、キュウリの瑞々しさ！　それに玉ねぎのドレッシングが恐ろしく合う！　野菜に野菜のドレッシングが合うのは必然だった！　おいちぃ!!

「ふぅ……遂に、この時が来ちまったぜぇ」

そう！　ボイルしたウィンナーである。

転生前の、ビールのお供にして好物の一つ。しかし、今の俺はエルフの幼女。しかも珍獣に認定されている。よって酒を飲みながらコイツをパリッといけない。残念！

しかし、それは時間が解決してくれるだろう。今はコイツを美味しくいただくのが得策。

俺はウィンナーを一口かじった。パリッ！

軽快な音と共に口に溢れる肉汁！　熱い！　この熱さが堪らない！　あぁ……早くビールが飲みたい！

……が、それは叶わないので、代わりに牛乳を飲む。ごきゅん！

「……コレジャナイ」

うん。わかっているけど、言っちゃうんだ。

一口、堪能した後……残ったウィンナーと、スクランブルエッグを一緒に食べる。ホテルに泊まった時によく出てくるコンビなので、この食べ方をする人は多いと信じている（確信）。

ウィンナーのパリッとした食感、溢れるコッテリとした肉の旨みに、ふわふわした卵の優しい味がベストマッチだ。そしてこの二つにはケチャップが実に合う。これで、かつての俺はご飯三杯はイケた！

ここで再度、サラダを食べる。だが、今度は全部食べるようにする。何故なら、俺は最後に、オレンジで食事をしめるからだ。酸味の強いサラダを食べた後に、同じく酸味が含まれるオレンジを食べたくはない。この調整が食事を美味しく堪能するコツだ。ただ食べればいいわけじゃない。と、俺は思っている。

サラダをたいらげたら、今度は残ったパンに、残ったスクランブルエッグとウィンナーをドッキングさせる。いわゆる全部載せだ。これが最強なのは言うまでもない！

はくっ！　もぐ、ぱりっ、もきゅ……ごくん！　はくっ………。

流石、最強！　言うことのない美味さだ！　感動した！　そして、最後まで残してあったオレンジで食事を終えるのだ。オレンジの爽やかな味が口をさっぱりとさせてくれる！

「ぱーふぇくとだ！　ごちそうさまでした！」

「全部食べれましたね？　お見事です」

エレノアさんが褒めてくれた。実は……今の俺では、そんなに飯が食えない。すぐに満腹になってしまう。今の朝食も、特別に量を減らしてくれたものだ。

「早く大きくなって、いっぱいご飯が食べたいぜ……」

そんなことを思う俺であった。

そして……日は過ぎていく。実地訓練に向けて。


実地訓練なう。

只今、俺は治癒魔法をモリモリ使いながら、けが人を片っ端から治してるところだ。

いやぁ……治癒魔法スゲー！　どんな傷も、たちどころに治っちまう！　元いた世界の外科医も裸足で逃げ出すレベルだぜ。

でも、病気等の治癒魔法は高位魔法になっているので、使える人は少ない。具体的にはランクがA以上のやつ。内科に関しては、元いた世界の医者に軍配が上がる。向こうの技術力すげー。

でだ現在、五十人ほど治したところだが……一向に患者が途切れない。どうなってんの？　気になったので、エレノアさんに聞いてみたら……。

「魔族との戦闘で負傷した方が『テレポーター』の魔法で送り返されているのです」

その彼等を治すのが、後方支援の我々の仕事です、と付け加える。

『テレポーター』は上位空間魔法だ。魔法で空間に『門』を作り繋げる魔法だ。

一度設置すれば繰り返し使える優れものだが、使用者一人につき一セットしか設置できない。しかも設置した者が死ぬと消滅する。なかなか使いにくいが、効果的に使えればかなり便利である。

「それで、治療の終わりが見えないのか……」

続々と来る負傷者。疲労の濃い新人ヒーラーと、復帰組の爺さん婆さん。

デルケット爺さんが俺に頼み込むわけだ。

俺の方はまだまだ余裕がある。現時点で他のヒーラーの五倍ほど治療を施しているにもかかわらずだ。まあ、エルフだし魔力が高いのだろう。

治癒魔法の練習にもなるし一石二鳥だ。なんてことを考えていた。

だが、実地訓練初日にもかかわらず……治療は夜まで続いた。

「ぬわ～ん！　疲れたぁ！」

途中、若手ヒーラー達が数名脱落したが、なんとか乗りきったようだ。

若手しっかりしろ。引退してた御老体は一人も脱落してないぞ！　プンスコ。

「お疲れ様でした、初日なのに大活躍でしたね？」

とエレノアさんに褒められた。しかしこれで満足してはいけない。

「それほどでもない」

……と謙虚に答えておく。この心構えが大切だと、偉大な先人も言ってたし。

しかし、俺は魔力にはまだ余裕があるが、体力の方がかなり消耗している。これはペース配分に気を付けないとやられるな。

「では、食事を摂って今日は休みましょう……明日も忙しいですよ」

「そのようだなぁ……」

今日一日で、全ての負傷者を治せたわけではなかった。

比較的けがの度合いが軽い者は、明日の治療に回ってもらったのだ。せめてもう少し人がいれば……む？　イケメンと同じ考えしてた!?　くそう、迂闊《うかつ》だったぜ！

◆◆◆

「ぐぬぬ……」と唸りながら、私の隣をテクテクと歩く少女。

エルティナ様は『聖女』であらせられます。

白エルフでありながら、魔法の素質は全ての属性がD。武器関連の素質は全てEだそうです。全ての素質が治癒魔法に持って行かれたと嘆いておりましたが……妙に納得いくものでした。

エルティナ様の治癒魔法の習得速度は凄まじく、中級魔法までは三日で無詠唱に到達いたしました。さらに四日で上級魔法を習得……無詠唱化させています。

本当に素晴らしいお方です。

でも……眉間にシワを寄せて部屋の隅に陣取り、小声で高速詠唱は正直怖かったです。神聖なはずの呪文が、何かの呪いに変わってるような気がしました。

今日も治療所は、大勢の負傷者で溢れ返ってました。魔族との戦争……その前線で負傷した方々です。

「しっかり!!　だいじょうぶですよ!?　必ず治しますからね!!」

ヒーラー達が必死に、治癒魔法『ヒール』を使い負傷者を治していきます。

練度にもよりますが、切断された手足も繋げることができるほどの、優秀な初級治癒魔法です。

若手ヒーラーが必死に『ヒール』を使って治療する中、その……五倍くらいでしょうか？

とてつもなく早い速度で、傷を治していく少女……そう聖女エルティナ様です。

「ほい次～」

やる気がなさそうな、気だるそうな言い方ですが、『ヒール』を施せばたちまちに傷が癒えていきます。


「おらっ！　治ったんなら早くどけろ！　後ろのやつがくたばったらどうすんだ⁉」

今は少し興奮していて、口が乱暴になっていますが。

「あぁ⁉　腕はどうした⁉　なくしただぁ⁉　くっそが！　時間かかるだるるぉ‼」

『ヒール』で腕が再生していきます。本来『ヒール』にこのような性能はありません。

初めて見た時……私達は衝撃を受けました

「いやぁ、すんません。もげちゃいました」

「おま……もげたじゃねえだろっ⁉」

その兵士は両足がありませんでした。彼はもう、普通の生活はできないでしょう。

生きて戻ってこれただけでも幸運だと思いました。でも、エルティナ様は……、

「うし！　治すぞ！　仲間が待ってんだろ⁉」

と言って……その小さな手に、莫大な魔力を集中させ始めました。それも……魔力が肉眼で見えるほどに。

「んん～はぁ～！　『ヒール』！」

エルティナ様が力ある言葉を口にした途端、手に集まった魔力が光り輝き、兵士の欠けた足に集まっていき……根元から再生を始めました。

「どやぁ……」

自慢げな顔を覗かせるエルティナ様。兵士の足は完全に再生を終え、彼は立ち上がり感触を確かめているところでした。本当に信じがたい光景でした。

「ありがとうございます！　これでまた戦えます！」

「そうか！　今度ここに来る時は、戦争が終わってからにしろよな！」

そう言って、兵士の背中を……ぺちっと叩いて送り出しました。

それ以来……四肢欠損の重傷者はエルティナ様の担当となりました。

その件に関しては何一つ文句を言わずに、ただ……「まかせろ」と言われました。

頼もしいのですが、正直恐ろしくもあります。

魔力の枯渇《こかつ》。魔力が枯渇すると最悪、死に至るケースがあります。

しかも、治癒魔法は魔力消費が高く、豊富な魔力が要求されるからです。

治療に専念するあまり、突然倒れ息を引き取るヒーラーは珍しくありません。

一時期はそれが美徳とすらされ、大勢の貴重なヒーラーが亡くなった時期がありました。

現在は無理をせずに、休むことを義務付けられてはいますが……実際は、そうも行きません。

ここは戦場です。実際に人が死にます。治癒魔法の力量が追いつかず死なせてしまう。

待ってる間に死んでしまう。既に心肺停止状態で運び込まれる……。

一縷の希望に賭けて運び込まれる者達。それを可能な限り叶えるのが、我々ヒーラーの使命です。

けがが治って感謝され、死なせてしまい恨み言を投げかけられる。

生と死が付きまとう……そういう場所です。

そこに聖女様が降臨したという噂は、あっという間に広がりました。

マイアス教最高司祭であるデルケット・ウン・ズクセヌ様と、ラングステン王国国王ウォルガング・ラ・ラングステン様により、ある程度の情報規制は布かれましたが、それでも一般市民の方が、最後の希望を賭けて訪れています。

病気の治療。到底治る見込みのない大けがも……エルティナ様なら治療可能でしょう。

しかし、それでは兵士や冒険者達の治療が間に合わず……死なせてしまいます。

我々は、市民の皆様がここに訪れていることをエルティナ様に教えていません。

ぶっきらぼうですが、性根が優しいエルティナ様。

実は細やかなことに、さりげなく手を貸しているエルティナ様。

嫌々やっていると言いながら、率先して作業するエルティナ様。

……お許しください。

少数を救うより、大勢を救うために……我々はエルティナ様に秘密を作ります。発覚すれば激怒するでしょう。何故……言ってくれなかった！　と。

言えないのです。無茶をさせて、エルティナ様を死なせるわけにはいかないのです。

今、エルティナ様を失うわけにはいかないのだから……。

故に、一般市民の皆様には……犠牲になっていただきます。

全ての罪は私達が背負います。エルティナ様はただ……希望でいて欲しいのです。

そう……数々の絶望から救い出された者達の希望に。

そのためなら私は……いえ、私達は……。

◆◆◆

「やはりオムライスは至福、はっきりわかんだね」

ミランダさんのオムライスをじっくり味わった後、自室に戻った俺はエレノアさんのことを考えていた。

何かおかしい？　というか、日に日に元気がなくなっていってる。

まさか……あの日か？　……ふふっ、ちょっと下品になってしまいましたね（赤面）。

とか言いつつ、トレーニングに没頭中。

まあ、エレノアさんが元気がないのは間違いない。付き合いは二週間ほどだが、びっちり一緒にいればだいたい察することはできる。

そう……俺は名探偵。

具体的には……体は五歳児、心はおっさん！　幼女探偵！　エルティナ!!

……コホン。ちょっと恥ずかしくなったのは秘密な。

「なんで元気がないんだろ？」

口に出してはみたものの、答えは出ず。考えは堂々巡り。

「まあ、明日……訊いてみるか」

面倒臭くなったので、本人に直接訊くことにする。

トレーニングの締めとして、桃先生を体に補給して終了だ。

「毎日続けなさい……それが力になりますよ」と言われた気がした。

「わかりました！　桃先生!!」

そう言って桃先生にかじりつく。とても優しい味がした。もう桃先生なしでは生きていけないかも……ぴくんぴくん。

そう思いながら、ふかふかのベッドに潜り込む俺であった。ぐーすか、ぴー、ぴー……。

「今日も元気に治療三昧だ！　わぁい！　たのしいなぁ！」（白目）

いやぁ……負傷者多過ぎ。ワロタ。

現在、既に二百人近くの負傷者を治療し終えたが……一向に減る様子がない。前線どうなってるの？　ってレベルだ。

「ほれ、次～さっさと座れっ」

こっちもスピーディに処置しないと、後がつっかえてしまう。しかし……他のヒーラー達は昼前だというのに既にへばっている。もっとがんばれ！

……しかしまた、今日は随分多いな？

「前線が維持できなくなり、防衛ラインを後方に下げたそうです」

と……エレノアさんがちょっと難しい顔で言った。それで負傷者が多いのか……。

こりゃあ、本格的にヒーラーを鍛えるなりしないと、治療が行き届かなくなるな。

「ですが、勇者召喚に必要な魔力がようやく溜まったそうです。これで、この戦いも終局へと向かうことでしょう」

……だそうだ。

こちらとしてもありがたいことだ。気軽に受けたはいいが……正直舐めてた。

うん、別に仕事が嫌ってわけじゃないが、仕事の時間が長くて、自分の時間が作れてない。給料貰っても使えない状態だ。

ちなみに、俺の日給は小金貨四枚と大銀貨一枚。一般市民の平均月給が、大金貨十五枚だそうだ。

お金は銅貨に三種類、銀貨に三種類、金貨に三種類がある。日本円に例えると説明しやすい。

銅貨がサイズ別に小さいのが一円、中くらいのが五円、大きいのが十円の価値がある。

サイズ別にデザインも違っていて凝った作りである。同じく銀貨が五十円、百円、五百円と続き
……金貨が千円、五千円、一万円の価値と続くらしい。

もっと上になると、特別な紙幣があるらしいが……。

よって小金貨四枚と大銀貨一枚の俺は、一日四千五百円相当の給料ってわけだ。子供でこれだけって、結構凄ぃよ！

でも……お金は小さく作られていて、なくしてしまいそうだ。気を付けよう。

それにしてもこの世界……結構、元いた世界と共通部分が多い。四季があるし、一年は三百六十五日で、一ヶ月はだいたい三十日。距離などもミリメートルから始まってキロメートルまで、重さもグラムからトンで表記している。ここまで似通ってるとは……便利だからいいんだけど。

現在、治療終えたら飯食って寝るってのが三ヶ月ほど続いている。

若手ヒーラーも随分と手慣れてきてはいるが……肝心の魔力が追いついていない。

昼頃には……皆ダウンだ。俺一人じゃ時間がかかってしょうがない。もっとがんばってくれぃ（切実）。

「やっとか、これで楽ができるなっ」

腕を損傷した冒険者の欠損部位を再生し終え、「さっさと部屋帰って寝ろ」とケツを叩く。こっちは時間がねぇんだ！　治ったらとっとと席空けろ！

って何度も言ってるんだが、妙に長い感謝の台詞を言うやつがいて困る。

気持ちはありがたいが、聞いている間に三人は治せるんだよ。

「……エルティナ様は、勇者様が魔王を倒すまでは、ここにいると申されましたが……」

「ん？」

片足がもげていた兵士の治療をしていた時、エレノアさんは唐突に訊いてきた。

「その後は、どうするおつもりですか？」

真剣な顔だった。

ふむう、心配してくれてるんだろうが……差し障りのない答えを言っておくか。

「この世界を、見て回ろうと思ってるんだ」

せっかく寿命の長い種族に生まれたからな、と付け加える。

「そ……そうですか」と思い悩む様子の彼女。

だいぶ前から……様子がおかしいな？　前聞いた時は、なんでもありませんよ？　とか言ってた。

杞憂《きゆう》ならいいのだが……。

◆◆◆

聖女エルティナ様の実地訓練から早……三ヶ月。

最早エルティナ様のお力なくしては、潤滑な治療が行き届かず……残念ながら、死者が続出する有様。ですのでエルティナ様は……毎日、負傷者の治療をなされていました。

ずっと働きずくめのエルティナ様でしたが……文句一つ言うでもなく、黙々と治療を続けていました。治療後にもたついている方を怒鳴ってはいましたが。

まだ幼いというのに、大人より働くエルティナ様。

我々、大人が不甲斐無いばかりに……。

私は、前線が維持できなくなったことと、勇者召喚のことをエルティナ様に伝えました。

エルティナ様は、勇者召喚を喜んでいましたが……。

勇者にも当たり外れがあるようなのです。そのことは、伝えてませんが……。

言い伝えによると、魔王討伐の代わりに国中の女性を自分の好きにできるようにしろ、と言った勇者がいたそうです。

見事……魔王を倒した勇者は、約束だと言って国中の女性を蹂躙《じゅうりん》したそうです。

流石にやり過ぎだと軍隊が動く事態になりましたが、勇者の力は圧倒的で、僅か半日で一万五千の軍は壊滅したそうです。その後……勇者が老衰で死ぬまで、女性は苦難の道を歩むはめになったそうです。

しかし、勇者を召喚しなければ、魔王には勝てないのも事実。

魔王もまた異世界からの召喚者だからです。

召喚された者は恐るべき身体能力と魔力、そして神のごとき特殊能力を備えています。

我々、普通の能力しか持たない者では、到底太刀打ちできません。

目には目を、歯に歯を……召喚者には召喚者を、というわけです。

三日後には、勇者が召喚されます。願わくば、善なる勇者でありますように。

夕方になり、今日の治療も終えた頃。私は懐かしい方に再会しました。

「やあ、エレノア。久しぶりだね元気だった？」

「五年ぶりですね……フウタ様」


フウタ・エルタニア・ユウギ男爵。

彼に会ったのは、今から十年前……私が駆け出しのヒーラーであった時のことです。

彼に会ったのは、冒険者ギルドのハンティングベアー討伐の臨時パーティーの時。

新人ヒーラーであった私は、とにかく経験を積もうと無茶をしていました。

ハンティングベアーは体長二メートル前後の獰猛な熊で、よく人里に下りてくるので、定期的に討伐隊が組まれています。

駆け出しの冒険者には登竜門的な扱いで、討伐できたら一人前として認められます。

暫くは和やかなムードで目的地に向かいました。

やがて目的地に着き、一匹のハンティングベアーを見つけました。そして、ハンティングベアーと対峙した時、それは起こりました。

彼と私を含め、八人の大所帯で討伐に向かいましたが……パーティは一瞬で崩壊。

ハンティングベアーは、討伐アベレージがDランクのモンスターで、当時パーティーは私のEを除き全員Dでした。八人もいれば……間違いなく勝てると信じていたのです。

ですが実際は、ハンティングベアーに出会った途端……何故か前衛の戦士三人が、脱兎の如く逃げ出してしまいました。取り残された私達は、咄嗟のことに呆然とし……。

ハンティングベアーの攻撃を受けた魔法使いの方が、頭を食いちぎられて死んでしまいました。

これではまともに戦えない……と撤退しようとした矢先、もう一体のハンティングベアーが道を塞ぎました。しかも、最初のハンティングベアーよりも更に巨大です。

一匹でも無理なのに……二匹目です。私達は絶望の淵に立たされました。

「ひぃ……」

私の口から悲鳴が漏れ、下着が濡れるのを感じました。

恐怖のあまり……失禁してしまったのです。恥ずかしいことでした。

でも彼は、取り残された私達に「身を守ることを優先して」と伝えると……単身、二匹のハンティングベアーに斬りかかっていきました。

今でもその勇姿は忘れられません。

彼の素早い動きにハンティングベアーは対応できず、彼の得物『カタナ』という片刃の少し反り返った珍しい剣で、切り伏せられていきました。

あっという間の出来事でした。

二匹を倒し終えた彼は、腰が抜けて座り込んでいた私を抱き上げ「帰ろうか」と笑いかけてくれました。失禁したことを伝え、「汚れています」と言いましたが……。

「腰が抜けて歩けないんじゃないの？」と言われ……なすがままの私でした。

逃げた三人の戦士は後に、死体として発見されたそうです。口封じで殺害されたとのことでした。

話によると、フウタ様を陥れようと何者かが暗躍していたらしいのです。

それから私は……彼とパーティを組み、冒険に出かけるようになりました。次第に仲間も増えていきました。……何故か女性ばかりでしたが。

それからというもの、採取困難な薬草に始まり、魔物の討伐等を経て、遂には……ドラゴンすら倒してしまいました。

彼はドラゴン討伐を隠そうとしましたが、色々あって明るみに出てしまい、国王様から男爵の位とエルタニアという土地を授与され今に至ります。

当然、男爵になれば世継は必須、当時一緒にパーティを組んでいた女性陣は皆……彼の正室や側室に収まりました。正室争いは壮絶だったそうです。

その頃から、私は彼と距離を置いていました。

マイアス教司祭への試験もありましたが……私は自信がなかったのでしょう。

……彼との結婚に。

私はこう見えても独占欲が強いです。他の女性と遊んでいたり、その……夜の営みをしてると思うと……ですので「一緒に暮らそう」と言われた時もお断りしました。

その夜、声を押し殺して泣きはらしましたが。

その後、無事に司祭になり忙しい日々を送っていたところに、この幼く可愛らしい聖女様に出会ったのです。未練はありましたが、私の選択は間違いではなかったと思っています。

「相変わらず美人だな、デートのお誘いも……選り取り見取りなんじゃないのかい?」

とおどける彼。こういうところは変わりませんね。

「生憎……エルティナ様のお世話で、それどころではありませんよ」と返しておきました。

本当に……変わらない。そんな貴方が大好きでした……。

◆◆◆

おいぃ……だれだ？　俺のエレノアさんに、なれなれしくトークしてるこの男は？

俺は今エレノアさんと親しく会話している男を観察した。

黒髪の長髪を紐で無造作にまとめた……おいこら、男がポニーテールしてんじゃやねぇ！

おんにゃのこがしてこそ輝くんじゃ、ぼけ!!　顔は……こいつもイケメンか!?　爆ぜろ！　背丈はエレノアさんより、少し高い程度。まぁ、エレノアさん背高いからな。

体格は良い方だな。うおっ……足長ぇ！　許せん！　全世界の足が短い人に謝れ！

で……腰に差しているのは刀か。なんとか流とか使いそう。

「へぇ……君が噂の聖女様か？」

よろしくと手を差し出してきたので、思いっきり握り潰す気で、力を込めてやった。

しかし……ダメージは、なかったもよう。ちくせう……。

じと～と睨んでやったが相変わらずの笑顔である。こいつのハートは鉄でできてるのではないだろうか？　なんて考えていたが……すぐに興味を失った。そんなことよりも飯だ！　俺は腹が空いているのだ！

二人は会話を続けているが、そんなことは知ったことではない。

食らうがいい！　俺の音波攻撃を!!

ぐぅ～～～～～～～～～～～～～～～～～～～～……。

俺のポンポンから発せられた音は、二人の会話を中断することに成功した。効果は抜群だ！（ドヤ顔）

「あらあら……エルティナ様は、お腹がお空きになられているようですね？」

「すみませんが……」と頭を下げ……その場を切り上げる俺達。そして勝ち誇った顔の俺。

「構わないさ」と、男もその場を後にする。

すれ違いざまに何か言っているようだが、どうでもいい！　今はとにかく飯だ！

治療で疲れた俺の腹は、ペコペコじゃい！

ミランダさんのおっぱぉ……じゃなくてオムライスが俺を待ってるぜ！　興奮した俺は、食堂に向けて駆け出していた。

◆◆◆

俺はフウタ・エルタニア・ユウギ。

俺には、他の人間が持ってない前世の記憶がある。

いわゆる……転生者だ。

この世界とは違う世界から……女神の導きによってやってきた。

女神の名はマイアス。

乳白色の美しい髪に、見事としか言いようのない顔のパーツ。極上のボディ、それを包むのは見事な純白のドレス。背中には穢れなき白い翼。右手には一冊の本を携えている。そして、見る者を安心させる優しい笑顔で俺を迎えてくれた。

マイアスによると、俺は二十年の短い人生を事故で終えたそうだ。

死因は……頭上に花瓶が落ちてきた……とのこと。呆気ないなとは思ったが、死んだのだから仕方がない。とあっけらかんと言ったが、女神は困り顔で笑っていた。

「貴方には、二つの道が残されています」

一つはこのまま輪廻の輪に還ること。もう一つは……、

「異世界に転生？」

「そうです」とマイアスは言った。

「現在、この世界の人間の数が異常に増え過ぎており……世界がパンク寸前なのは知っていると思います」

確かに、人口の増加による環境汚染、森林伐採によるオゾン層の破壊等、人間によって引き起こされている悪影響は計り知れない。

「そこで……この世界の人間を異世界に移住させてしまおう、という意見が神様会議で提案されまして、現在……積極的に移住させてるというわけです」

もちろん、死後ですが……と付け加える。

……現在､日本の人口が減っているのはそのためか？　と訊くと「そのとおりです」と言われた。

なんでも、日本人は他の国に比べると、異世界移住率が高いらしい。

ライトノベルとか読む人が増えたしな……そういうの好きなやつ等が多そうだ。

「どうでしょう？　あなたはどちらを選びますか？」

俺は迷わず、転生を選んだ。こんな面白そうなこと逃す手はない。気になることもあるが、短過ぎる人生をもう一度やり直せるのだ。

「気になることがありそうですね？　これから大まかなことを説明するので、覚えてくださいね？」

まあ、直接頭に入れちゃいますが、と続けた。俺の頭に優しく手を置くと、凄い量の知識が俺の頭に入ってきた。

「こ……これは!?」

これから行く世界『カーンテヒル』の情報です。

ちなみに、管理者は私です、とにっこり告げた。

「尚、ささやかなプレゼントとして素質をオールSにしておきました。向こうで無双してもいいですし、静かに生きてもらっても構いません」

いきなりの爆弾発言である。

それってまずいんじゃ？　と言ったが「とっても騒がしい世界なので丁度良いくらいです」とか言われた。いいのかよ!?

尚、「記憶も残しておきます……知識を上手に使いなさい」とのこと。

「では、そろそろ『カーンテヒル』に送ります。良い人生を……」

という声を最後に……俺は目を閉じた。

次に目を覚ました時、俺は赤ん坊だった。

両親は道具屋を営む普通の夫婦。

それなりに裕福だった家のおかげで、俺はスクスクと成長していった。

十歳になる頃、一歳から始めていた魔法訓練と、体力作り中に編み出した剣術のお陰で、同年代のやつ等で俺に敵う者はいなくなっていた。

そこで俺は冒険者になることにした。強いやつ等やモンスターと戦い、どこまでやれるか確かめたかった。

俺は両親に、冒険者になると伝えた。

両親は「おまえの好きなようにしなさい」と言い……俺を抱きしめてくれた。

……目頭が熱くなった。

そして十五歳の誕生日を迎えた朝……俺は生まれ育った村を出て、王都フィリミシアに向かった。

冒険者ギルドに登録するためである。

十五歳になれば成人として扱われ、晴れて登録できるようになる。道中で二十人程度の盗賊の一団に絡まれるも……まったく敵ではなかった。……弱過ぎる。

無事に王都に着きギルドに登録した俺は、早速依頼を受けていった。

やがて、ランクがDに到達した頃、依頼の掲示板にハンティングベアー討伐が貼りだされた。

その頃の俺は、非公式ではあったが……既にランクAの扱いで、高難度の依頼を何件か片付けていた。これを受ければCランクに上がるのは確定だろうと思い、臨時パーティーに参加することにした。

その臨時パーティーで……エレノアに出会ったのだ。

当時、彼女は美しい金髪を短くしており、後ろなんかは刈り上げていた。ベリーショートカットである。

今でこそ、見る目が困るほどのナイスバディだが、当時はほっそりとした体形だった。

どうしてあそこまで育ったのかは、未だに不明である。

紆余曲折あったが……無事に依頼を終え、ランクもCに上がる。

その後からか……エレノアと組むようになったのは。

やがて、依頼をこなしてるうちにランクもBに上がり、仲間も増えていった。


「ねぇ、フウタ。俺……おまえが気に入ったんだ。結婚しようぜ？」

戦士のエミル・リーンド。人間。

彼女はピンク色の髪を団子状にし頭に纏めている。発達した筋肉を持っており腹筋も割れている。

しかし、女性らしい部分はとても豊かであり、まさに女戦士という出で立ちだ。

「なぁ、何でも言うこと聞くからさ……一緒になろうよ」

苛烈な性格に、純情さを兼ねる……そんな魅力的な女性だった。

ちなみに童顔である。

「へぇ……君、なかなか良い素質を持ってるね？」

盗賊のウィッタ・ミミル。獣人。

彼女は狼の獣人で、銀色の体毛に肩で切り揃えた髪。前髪も綺麗に切り揃えられている。要はおかっぱだ。体型は残念な……もとい、余計な脂肉がないしなやか体である。

「フウタ……僕は、君が欲しい」

女性らしく可愛い物に眼がないようで、身に着けている物も、性能よりも可愛らしさを重視しているようだ。しかし、その性格は情熱的であった。


「ふふ……私の思ったとおりの、いい男ね！」

最後に魔法使いのロリエッテ・スミス。人間。

彼女は没落貴族の娘で、物心着く頃には既に家が没落していたらしい。それ相応に礼儀作法は学ばされたが、今はまったく使わないので錆び付いているとか。

紫色のロングストレートの綺麗な髪に、大きなリボンがトレードマーク。体型は可もなく不可もなく、バランスの取れた理想的なスタイルだ。器量も良く、没落さえしてなければ引く手あまたであっただろう。

「貴方は、この私がいただきますわ！」

勝ち気で、プライドが高く、我がままだが……仲間思いの良い女性だ。

この三人が新たに加わった仲間だ。パーティーに加わるまでは色々あったが、その分結束は固く、困難な依頼も抜群のチームワークで解決していった。

それから三年も経った時、ギルドのクエストに竜退治の依頼が上がった。

「おいおい……マジかよ⁉」

「噂は本当だったようだな……」

冒険者ギルドのクエスト掲示板に張り出された一枚の依頼書。それを見た冒険者達が皆……戦慄している。これがワイバーンやドラゴンパピーなら問題はなかった。

しかし、掲示板に張り出されたのは、恐るべき竜の討伐依頼だった。皆が恐れる、その竜の名は……

「ガルンドラゴン……」


怒竜。ガルンドラゴンという竜の二つ名。

体長8メートルを超える巨体に、恐るべき筋力とスピードを兼ね備えた陸の覇者とも言われる竜である。ブレス等の特殊な攻撃はしないが、ただの咆哮一つで近距離の人間をショック死させることができるらしい。獰猛かつ食欲旺盛。個体数は少ない。


その竜が餌を求め、山から下りてきて今は王都の近くまで来ているそうだ。

最近俺達は活躍し過ぎたのか、ろくでもない貴族に目を付けられていた。あまり目立つと面倒なことになるので、極力高難易度のクエストは控えていたのだが……。

流石に拠点である王都を守らないわけにはいかず……俺達は討伐隊に参加することを決意した。

「ほ〜？　おまえさん達も参加するのか？　ははっ！　こりゃ〜楽できそうだぜ！」

ベテラン冒険者のアルフォンスさんも、討伐隊に参加するようだった。彼には駆け出しの時に色々と良くしてもらっていた。

討伐隊は、総勢百五十人にも及ぶ大部隊になった。そして……もしもの時のために、後方には王国の正規軍が控えている。これで守りは……万全だったと思う。

俺達は討伐に出発した。

「ガルンドラゴン……話や図鑑でしか見たことないから、いまいちパッと来ないわね……」

「だとしても、間違いなく強敵だ。気を引き締めないと死ぬよ？」

ロリエッタとエミルが、少し緊張した会話を交わしていた。

「竜か……初めて戦うのに、いきなりガルンドラゴンとは……ついてるのか、ついてないのか……？

いやぁ、ついてないが正解か」

「ははは！　ついてないなぁ？　嬢ちゃん！　まぁ、おじさんが守ってやるからな？」

「おめぇが守られるの間違いだろ⁉」

ウィッタとベテランの冒険者の会話。流石ベテランだけあって、肝が据わっている者が多い。しかし陸の覇者相手に……どれだけ生き残れるか？

「フウタ様……必ず生きて帰りましょう」

エレノアの表情は硬かった。これまでの冒険で、俺と共にかなりの経験を積んだ彼女だからこそわかる……今回のクエストの困難さ。

「大丈夫さ……エレノア。必ず、皆で生きて帰ろう」

遠くで聞こえる竜の咆哮。ガルンドラゴンだ。まだ……遠くにいるにもかかわらず、咆哮のみでその強大な力がわかってしまいそうだった。

「いるぞ……ガルンドラゴンが！　おめぇ等！　覚悟はいいかっ!?」

討伐隊に参加した全ての者に緊張が走った。いよいよ……竜退治の始まりだったからだ。

晴れていた空は暗く曇り、時折、雷が光を放っていた。まるでこれから戦う者の強大さを示すかのように……。

そして……金色に光る鱗を持つ、巨大な竜が姿を現した。

「俺達が先行する！　後は任せるぞ!!」

ベテランの冒険者達が数名のパーティーを組んで、ガルンドラゴンに攻撃を開始する。

冒険者達がガルンドラゴンに近寄った次の瞬間。竜が咆えた！

ぱんっ！　と冒険者達の頭が爆ぜた。咆哮で……咆哮だけで人が死んだのだ。被害はそれだけではなかった。咆哮の余波で鼓膜が破れる者、気を失う者、戦意を失う者が続出した。これでは戦いにならない！　対策なしに、いや……対策しても勝てる相手では……。

「頭に魔法障壁！　ヒーラーは負傷者に『ヒール』を！　魔法使いは遠距離から攻撃魔法を！　絶対に近付くな!?」

アルフォンスさんが、寄せ集めの冒険者達の指揮を執り始めた。

「アル！　俺達に命令するんじゃねぇよ!?」

「バカ野郎！　命令じゃなくて『お願い』してんだよ！」

そんなやり取りをして、ガルンドラゴンに突っ込む冒険者。

「おらっ！　脳筋共は俺に続けぇぇぇぇぇっ!!」

巨大な斧を手に、ガルンドラゴンに重い一撃を加える。

ガキンッ!!

ガルンドラゴンの金色に光る鱗が……斧を弾いた。

「嘘だろ……!?　こんなこきゅばっ!?」

彼の台詞が最後まで言われることはなかった。ガルンドラゴンの爪によって、頭を吹き飛ばされたのだ。まるで紙を引き裂くが如く……易々と。

「ブンゴラー!?　くそっ！　怯むな！　ビビったやつから死ぬぞ！　攻撃をかわすことを優先するんだ！　魔法隊！　援護を！」

アルフォンスさんの檄が飛ぶ。剣も魔法も効果は薄かった。いったいどうやって倒せば……？

「くそっ！　仕方ねぇか！　おいっ！　フウタ!!　時間稼げるか!?　このままじゃ全滅しちまう！

……とっておきを使う！」

「あれを……わかりました！　やってみます!!」

アルフォンスさんは普段、どこにでもいるような頼りない冒険者を演じているが、本当はかなり腕の立つ冒険者だ。短い期間……一緒に冒険した時に、一度だけその力を見る機会があった。

「行こう！　エミル！　ウィッタ！　……ロリエッテとエレノアは、魔法で援護を！」

俺達は時間を稼ぐために、ガルンドラゴンに攻撃を加えた。俺の渾身の一撃に耐える黄金の鱗。

俺の愛刀『光明丸』が悲鳴を上げる。頑丈な刃が欠けていたのだ。

「硬過ぎる……どうやってダメージを与えれば⁉」

「フウタ！　立ち止まるな！　死ぬぞ⁉」

エミルの声に、立ち止まっていた自分に気付く。……危ない。いつの間にか立ち止まっていたとは。再び機敏に動き回りながら、ガルンドラゴンを攻撃する。

「どこかに弱点はないのっ⁉」

「あるけど……まだ出てないわっ！」

ウィッタの叫びに、ロリエッテが『ファイアボルト』を連射しつつ答える。

「まず、ガルンドラゴンを怒らせないといけないのだけど……怒らせたら死ぬわね？　私達」

「別の弱点はないのですかっ⁉　『ヒール』！　『ヒール』‼」

エレノアは、傷を負った俺達や冒険者達を必死に治療している。他のヒーラー達も同様に治療しているが……半数以上が魔力切れを起こしかけている。このままでは……。

「いかん！　そっちに行ったぞ‼　逃げろ！」

「……え⁉　う、うわぁぁぁぁぁっ！」

よりによって、ガルンドラゴンがヒーラー達に襲いかかっていた。なす術もなく殺されていくヒーラー達。本格的に全滅が見え始めてきた。百五十人いた討伐隊も、今やその半分……いや、三分の一を残し皆……死んでしまっている。

「アルフォンスさん！　まだですか⁉　もう持ちませんよ⁉」

「あと……三分、いや二分持たせてくれ‼」

長い！　長過ぎる‼　二分……たった二分がこんなに長いと思ったのは、これが最初で最後だったろう。でも、俺達は必死の思いで二分の時間を稼いだ。そして完成するアルフォンスさんの切り札。

「ソニックセーバー‼」

これはアルフォンスさんの開発したオリジナル魔法。使えるのは彼のみだ。風を凝縮した剣が、音速でガルンドラゴンに襲いかかる！

ザシュン！

風の剣は、ガルンドラゴンの黄金の鱗を易々と切り裂いた！　五本ある風の剣を、次々と放つアルフォンスさん。それはガルンドラゴンの足や首の鱗を吹き飛ばした。この魔法、残念ながら威力は申し分ないが、細やかなコントロールが利かないらしい。

「今後の課題だ」と、アルフォンスさんは言っていた。

「フウタ！　あとはおまえが頼りだ！『首切り』で、止めを！」

「はいっ！　うおぉぉぉぉぉぉぉっ‼」

俺はガルンドラゴンの首を狙った。『ソニックセーバー』で吹き飛んだ首の鱗、その守りが弱くなった部分に、最後の力を振り絞って切りつける！　光明丸は俺の魔力を吸って切れ味を増す魔剣で、最悪……魔力を吸われ尽くして死ぬ場合もある。俺は限界まで魔力を光明丸に注いだ。光明丸は、その刀身を光り輝かせた。

「首切りぃぃぃぃぃっ！　しゃぁっ!!」

シュキンッ……チン。

俺は刀を鞘に納める。戦いが終わったからだ。

ゴトリ……とガルンドラゴンの首が落ちた。少し遅れて噴き出す鮮血。俺達はガルンドラゴンに勝利した。……多くの犠牲を払って。

「ん……？」

岩の陰で何かが動いた気がしたが、疲労が限界まで達していたので、確認する気が起こらなかった。これが後々、俺を困らせる原因の一つになるとは思いもよらなかった。

クエストの結果は……竜を倒したものの、生き残ったのは俺達パーティーを含め、たったの十五人だけだった。よく倒せたものである。

竜が咆えればそれだけで二十人は死んだ。尻尾で薙ぎ払えば、十人は叩き殺された。びっちり敷き詰められた鋭利な歯でかまれれば、即死する。

たった一匹のために、百三十五人が死んだ。皆……Aランク以上の冒険者だった。

「やれやれ……生き残ったのは、たったこれっぽっちかよ？」

「むしろ、全滅しなかったのが不思議なくらいですよ？」

俺も流石に疲れ果て、その場に座り込んでいた。エレノアは今も必死に治療にあたっている。生き残ったヒーラーは彼女を含めて三人だけ。三十名いたヒーラーは、ほぼ壊滅状態だった。

「こりゃあ、ヒーラー協会がカンカンだな」

「おそらくは」

俺とアルフォンスさんは同時にため息を吐いた。


その後……討伐の結果をギルドに報告。生き残った十五名は国王陛下に謁見を許されることになった。

俺達は面倒事を避けるために、生き残った冒険者達に手柄を譲り、その場を立ち去ろうとしたが……思わぬところで横槍が入った。俺達を目の敵にしている貴族達だ。

結果、俺は男爵に封じられ、なかなか自由に行動できなくなった。

しかもその後は……かなりゴタゴタした。

後継者を作らなければならなくなり、自分こそが正室と、競い合うパーティーメンバー。

その中、エレノアは司祭の資格を取ると言って、俺の傍から離れていった。俺は思いきってプロポーズしたのだが……丁重にお断りされたのだ。……かなりショックだった。

こんなことにならなければ……二十歳になった暁にはプロポーズして、故郷の両親に紹介しようと思っていた……矢先の出来事だった。

やがて争奪戦はロリエッテが制し、正室の座を勝ち取った。そして一年後、俺は父親になった。

それから暫くの間、穏やかな日々が続いたが、突如、魔王降臨の報が届く。世は混沌とし始めた。

そして遂に、魔族との戦争に発展した。

しかし、何故か俺は待機の命令を出された。あの連中の仕業だと察したが……これだから貴族は面倒臭い。やがて戦争は膠着状態になり、負傷者が続出した。

そんな折、王都に聖女が降臨したとの情報が入った。それから三ヶ月後、遂に勇者召喚の儀が整った。

ついては、各諸侯は召喚の儀に参加するべし……との報が届いた。

俺は久しぶりに王都に足を運んだ。早めに王都に着いたので、噂の聖女様に挨拶でもしようと、ヒーラー協会に向かうことにする。

そこで偶然エレノアに再会した。彼女は相変わらず綺麗だった。

別れた時と……いや、それ以上に魅力的になっていた。彼女は聖女様の指導員になっているらしい。

その聖女様はエレノアのスカートの端をギュッと握って、俺を睨んでいる。

聖女様は、白エルフの子供であった。俺もこの世界に転生して二十年以上生きているが、初めて見る。

とても美しいプラチナブロンドに、透き通るような白い肌。大きく長い耳は少し垂れている。少し眠たげな目も個性的で可愛らしい。

なるほど、エルフだけあって全てが上質なパーツで構成されている。とても将来が楽しみな少女だった。

暫くエレノアと会話していたのだが、突然「ぐぅ～～～～～」と腹の虫が鳴く音がした。チラリと音のした方を見れば……プイッと顔をそらせる少女の姿。

聖女様の腹の虫だ。なるほどな、それで機嫌が悪かったのか。

その腹の音で……その場は解散となり、すれ違いざまエレノアに、例の貴族には気を付けろと注意をして、その場を後にした。

明日は勇者召喚の儀だ。何が起こるかわからない。……十分に気を付けていこう。

◆◆◆

くせぇぇぇぇぇぇぇぇぇっ！　こいつは、くせぇぇぇぇぇぇぇぇぇっ！　転生チートの匂いがプンプンしやがるぜぇっ!!

食堂にて、いつもどおりオムライスを食べ終え、ヒーラー協会に来たフウタってやつのことをエレノアさんに聞いてみたが……。

間違いなく貰ってやがる……チートってやつを！

ぎぎぎ……くやちいのう、くやちいのう！　しかもなんだ!?　ドラゴン倒して貴族になって、嫁さんいっぱい貰って子作り三昧って!!　ちくしょう！　リア充爆ぜろ!!

はあはあ……。

まあ、実際には口には出さずに、しかめっ面になってるだけだが。

エレノアさんは時折体をくねらせ、「いやんいやん」とか言って惚気けている。不幸中の幸いなことに、エレノアさんはやつの魔の手にかかってなかった。よかったよかった。

……とはいえヤツは許せん。タンスの角に小指をぶつける呪いを送信しておこう。届け！　俺の呪い!!　みょいん、みょいん……うむ、これでいい！

途中からエレノアさんの惚気話になっていたが……しかめっ面をしていた俺に気付いたのか、脱線した話を元に戻した。

なんでもフウタは、勇者召喚の儀に立会うために王都に来ているらしい。普段はエルタニアってところで領主をやってるとか。

……そう言えば、勇者か。どんなやつが召喚されるんだろうな？

「エルティナ様も、勇者召喚の儀に参加していただきます。これは国王陛下の要請です」

「俺も？　なんで？」

俺は首を傾げてエレノアさんに訊いた。

「聖女は、国の代表に近い立場なのです。政治には直接関わりませんが、行事やお祭り等の催し物、つまりは冠婚葬祭ですね？　それに参加し……とりなすことがお仕事でもあります。王族に寄り添って、様々な儀式も参加しなくてはいけませんからね？」

「うっは！　めんどい～」

ただ治療してるだけで、いいんじゃなかったんかい⁉

「それと、地位のことですが……先程お教えしたとおり、国の代表に近い立場です。下級貴族よりも立場は上なので、そのことも理解してくださいね？」

「なん……だと……!?」

衝撃の事実！　俺は偉かった!!　……だからどうしたって話なんだが。

別に権力があってもなぁ……性に合わんし、自由にやってた方が気楽でいいよ。欲しくもない権力やら、地位やらが舞い込んでくる。人生ままならぬものですなぁ……。

とか爺臭いことを思っていると、そろそろ就寝の時間がやってきた。

「あら……そろそろ寝る時間ですよ？　エルティナ様」

「え～？　もうそんな時間か……」

俺はお子様なので、早めに寝るよう言われているのだ。具体的には二十時。つまりは午後八時だ。はやすぐる……。

「きちんと寝ないと、疲れも取れないし、大きくなれませんよ？」

と言って……笑顔で俺の部屋まで送ってくれるエレノアさん。

「おやすみ、エレノアさん」

「はい、おやすみなさいエルティナ様」

俺は、おやすみの挨拶を交わして自室に戻った。

「にゃ～」

「おっす、野良にゃんこ」

ベッドの上で丸くなっていた野良猫が挨拶してきた。窓から入ってきたのだろう。

俺はいつものトレーニングを始める。最初は腕立て伏せからだ。

「おいっちにぃ、さんしぃ、ごぉ……ぬふん⁉」

ここから先がなかなか続かない。現実は厳しいのである。

しかも台詞だけ先行して、実際には二回しか腕立て伏せが成立していなかった。

「今日はこれで勘弁してやる」

そんな捨て台詞を吐きながらトレーニングを続け……最後に、桃先生をモリモリ食べてベッドに潜り込む。

三日後に勇者召喚の儀が行われるらしい。それまでは、負傷者を片っ端から治療する作業が待っている。

最近、負傷者も多くなってきている。治療も追いつかなくなっているし、俺が抜けた穴をどうにかしなくては。

そのためには、やっぱり若手を鍛え直さんとイカンか？　いや、その前に『ヒール』をいじって効率を……？　とか考えてるうちに、眠りに落ちていった。……ぐうぐう。


ふははは！　鬼教官が来たぞ！

そうだ！　俺だ！　エルちゃんだ！

「これより、若手の君達には……地獄を見てもらう‼」

次の日、俺は若手ヒーラー五人を集めて鍛え直すことにした。

「じ……地獄ですかっ⁉」

「そうだっ！　地獄だ‼」

まぁ、ただの脅し文句である。実際には治療の際の無駄な動きや『ヒール』のカスタマイズを指導するだけだ。尚、俺は『無駄のない、無駄な動き』が得意である。

「『ヒール』のカスタマイズ？　……ですか？」

「うん『ヒール』のカスタマイズだ」

実はこの世界の魔法……いじれるのだ。

いじれる魔法は『自分が無詠唱で発動できる魔法』だ。上手く自分に使いやすくカスタマイズできれば、消費魔力の減少や性能が上昇する。失敗すると……また、一から練度を上げ直すはめになる。リスクも大きいが、効果も大きいので、この際、若手全員にやってもらうことにした。

「し……失敗したら目も当てられませんよ⁉」

「失敗しなければいいじゃないか？」

普段は温厚な俺も、今日は心をオーガにして当たる。これも君達の成長を願ってのことだ。外見は幼女でも中身はおっさんなので、教育に熱が入ってしまうのだよ。

「それでは早速……カスタマイズ開始だ！　わからないところがあったら、遠慮なく聞いてくれ！アドバイスしまくってやるからっ！」

「エルティナ様！　何かパズルみたいな物が出てきました！」

「むむ！　ビビッド君！　……ご愁傷様」

若手ヒーラーの一人、ビビッド・マクシフォードが、いきなり質問してきた。

彼は茶色の髪を肩まで伸ばしている。なかなかの美形なのだが……ヘタレな性格が仇となって、三枚目が板に付いていた。もっとがんばれ青年。

「ええ～⁉　ご……ご愁傷様って⁉」

「一番面倒臭いのに当たったな」

そう、カスタマイズには個人差がある。クロスワードみたいな物や、今出たパズルみたいな物、報告の中には詩を作る物まである。

尚、俺はプラモデルを作る要領でカスタマイズする。

『ヒール』は丁度人型をしていた。よって、フルアーマー『ヒール』を作ってやったぜ！　我ながら格好良い出来栄えだ。

ちなみに、効果二倍、消費も二倍になった。俺には丁度いい。こんな具合で納得できる性能になるまで、いじり倒すのがカスタマイズだ。

「うわ～⁉　なんだこれ⁉　全然わからない～！」

「絶対に諦めんなよっ⁉　諦めたら『ヒール』やり直しだぞ‼」

カスタマイズの失敗条件は……諦めることである。諦めなければ練度の初期化はない。それ故に、俺は地獄を見せると言ったのだ。エレノアさんががんばっているこの午前中で、若手ヒーラーの『ヒール』のカスタマイズを終えさせる。それが目標だ。

「うわわ……もうダメだ～！」

「か～～～～～～～つっ!!」

バシンとビビッドの面を引っ叩く！　まぁ、実際にはぺちって音が鳴った程度だが。

「諦めんなよ！　エレノアさんもがんばってるんだぞ!!」

「うう……そうだった。エレノア様どころか、デルケット様まで加わって治療に当たっていらっしゃるのに……！」

そう、デルケットの爺さんまで加わって治療に当たってくれているのだ。どうやらエレノアさん経由で伝わったらしい。これに感動したデルケット爺さんが、無理やり時間を作って参加してくれている。おぉ、ありがたい、ありがたい！

「エルティナ様！　カスタマイズ終わりましたっ！」

「ほぅ！　早いな！　流石、若手一番の実力者！」

そう言ってきたのは、ティファニー・グロレンス。

緑色の長い髪は腰まで届いている。同じく緑色の瞳。顔は綺麗と言うより可愛い系の顔だ。スタイルは良くもなく、悪くもなく……うん！　普通だな！

「よしよし！　じゃあ、ティファ姉には、治療の際に出る無駄な動きをなくす練習をしてもらおうかな？」

「えっ!?　私がお姉さん!?」

「うん。年上だし、きちんと結果出したし。そういう人には、敬意を払って『さん』付けか『兄』

か『姉』付けで呼ぶことにしてるんだ」

「ぼぼぼ……僕は⁉」

「ただし！　おめ～はダメだ！　ビビッド！　そのヘタレな性格をなんとかしろっ！」

「そんな～」と言って、再びパズルと格闘しだすビビッド。負けるな青年よ。苦労の先に得る物は沢山あるぞ！

その少し後に、ルレイ・ヤークスが『ヒール』のカスタマイズを終了させた。

彼は少し小太りの青年で、紺色の短い髪に金色の瞳。顔にはソバカスがある。

非常に生真面目な性格の男である。

「……終わったわ」

次に、黒髪の少し根暗な女性、ディレジュ・ゴウムがカスタマイズを終了させる。

彼女は黒く艶のある長い髪を膝まで伸ばしていた。しかも前髪もだ。髪の隙間から見える赤い瞳が怪しく光っている。その状態で笑うと……かなりヤヴァイ（恐怖）。

地味にスタイルは良い。……が、ここの上位陣のスタイルが良過ぎて、霞んでしまっている。エレノアさん、ミランダさん、ペペローナさんに勝るスタイルの女性に今のところ出会っていない。


「お……終わったぁ」

情けない声を上げたのは、エミール・エフュン。

彼女は若手の中では一番年下だ。若干、十五歳。この中では一番、能力が劣っている。

エメラルドグリーンの癖っ毛を長く伸ばした結果……頭が綿飴みたいになっている。

美味しそうだ。……じゅるり。

そして瞳は紫色。顔は可愛い系だ。問題のスタイルは……おデブだ。むっちむちだ！　ぽよんぽよんだ！　デブ好きには堪らない娘だ！　……ふぅ。

「へ……へへ……お、終わったぁ……ぐふっ！」

最後にビビッドが、頭から煙を出してぶっ倒れていた。うん、一応褒めておく。

「えろい！」

「え……エロ!?」

えらい！　と言おうと思ったが、口から出たのはこの言葉だった。たぶんエミールが悪い。ぽよんぽよん。

結局『ヒール』のカスタマイズのみで、時間が来てしまった。仕事の動きはまた明日だ！

明日ガッツリ指導してやる！　ガッツリとな！

それから二日間……若手ヒーラーの悲鳴が途絶えることはなかった。

◆◆◆

「いや～面白い子が来たな～」

私は遠巻きに、若手ヒーラーを鍛える幼い白エルフの幼女を眺めていた。

私はこのヒーラー協会の看板受付嬢ペペローナ・トトン。恋人募集中。

ふらり……とやってきた白エルフの幼女が、まさか聖女だったとは……私の目をもってしても見抜けなかった。私で見抜けなかったんだから……だれも見抜けるわけないよね？

いや〜本当に小さくて可愛い。本人は五歳って言ってたけど、パッと見は二……三歳くらいにしか見えない。手のひらも紅葉みたいに小さいし、顔もあどけない。

まさに、動くお人形だ。でも性格は男らしい。口調も男そのものだ。とにかく、ギャップが凄まじいのだ。

冷静沈着……に見えて、実は熱血行動派だったり。凄まじく食い意地が張っている……にもかかわらず全然食べられない。等々……よくわからない子だった。

極めつけは治癒魔法の素質以外全部Ｄ！　……ということだ。

これは、白エルフとしては致命的でないだろうか？　魔法が使えてなんぼの白エルフが、ほとんど魔法が使い物にならない。これでは刃のついてない剣だ。使い物にならない。

「でも、女の子だし……将来美人になりそうだし……些細なことかな？」

ぶっちゃけ、だれかに守ってもらえばいい。この子なら引く手あまただろう。

そんなことを思っていたら、指導を終えた『聖女』エルティナちゃんが、このヒーラー協会のサブギルドマスター、スラストさんと口論していた。

銀色の髪を短く刈り込み、いつも眉間にしわが寄っている。くそ真面目で融通が利かない、超堅物。ヒーラー協会の未来をだれよりも案じ、ヒーラーとしても優秀。

本来ならギルドマスターは彼なのだが……何故かサブマスターに納まっている。

私も何度、こっぴどく怒られたかわからない。

「う～ん……堅物サブマスターと熱血行動派の聖女様か……絶対に合わないよね～？」

案の定、ぷりぷり怒って無茶なことを言ったエルティナちゃんが、スラストさんのげんこつを受けていた。

「ふきゅん！」と泣いて私の元に走ってきて抱き付いた。

「ぺぺローナさん！　シルバー角刈りがいじめるっ！」

「か……角刈り」

思いっきり吹き出しそうになるが堪える。ここで吹き出したらスラストさんに何を言われるかわかったものじゃない。

よしよしとエルティナちゃんをなだめてあげる。これでお姉さん度アップ！

「ぺぺローナ、そいつを甘やかすな」

「まだ子供ですよ？　スラストさん」

いつもしかめっ面のスラストさんの表情が更に険しくなる。やば、癇《かん》に障っちゃったかな⁉　でも……。

「わかっている。だからこそ、叱る時は叱らんといかん」

「はぁ……」

そう言うと、スラストさんは去っていった。

「ぐぬぬ……今に見ていろよ？　絶対に『ふきゅん！』と言わせてやる！」

「あの顔で言って欲しくないなぁ……」

私は「ふきゅん！」と言っているスラストさんを想像して、今度こそ吹き出した。

その後……「じゃあの」と言って元気に走っていくエルティナちゃんを見送って、私は自分の持ち場へと戻った。そう、私は受付嬢！　ここの看板娘！

今日も皆の視線を釘付けよ！

◆◆◆

それから三日後……遂に、勇者召喚の儀が行われる日が来た。

俺はエレノアさんに手を引かれ登城した。……てくてく。

実に三ヶ月？　くらいぶりかな？　そのくらい行ってない。

聖女に祭り上げられて、紹介のために王様に顔見せしたぐらいなもので……あとは、治療所に軟禁状態で治療に没頭していたからな。王様も俺の顔、忘れてんじゃね？

季節は夏……八月だ。暑いことこの上ない。汗もだらだらだ。

「なんだ？　あの物体は……？」

召喚の間に向かう途中、一人の貴族に絡まれた。

三十代後半だろうか？　金髪オールバックの肥えた男だった。

一瞬豚かと思ったが……そうではなかった。

豚の方がマシじゃね？　と思えるほどの脂肪の塊が、従者に支えられながら移動していたからだ。

しかも……あろうことか、エレノアさんの体を舐め回すように視姦しているではないか!?

ゆ……る……さ……ん……!!

「ぶひひ……相変わらず良い体をしておるなぁ……わしの側室にならんか？　この世の物とは思えぬ快楽を共にしようぞ？」

おまっ……ぶひひって、人間の笑い方じゃねえだろっ!!

衛兵のみなさーん!!　ここに豚もどきが侵入してますよ～!!

「……お久しぶりです、グラシ・ベオルハーン・ラングステン伯爵。側室の件は、以前にもお断りしたはずでしたが……？」

「つれないのう……気が変わったら、いつでも迎えに行ってやるぞ？」

と、隣にいた俺に目を向ける。こっち見んな！

「おお……これは、これは。聖女様ではございませんか？」

ニヤニヤしながら俺まで視姦する。うがが!?　俺みたいな幼女まで、そんな目で見んじゃねぇ！

うおぉぉぉ……!?　鳥肌立ってきた!!

「いやぁ……将来が楽しみですなぁ、ぶひひ……」

舌舐りしながら俺を見るんじゃねぇぇぇぇぇっ!!　きもいんじゃぁぁぁぁぁっ!!

これ以上付き合っても無駄だ……と判断したエレノアさんは、「失礼します」と言って、俺を連れてそそくさとその場を後にした。ナイス判断！　流石エレノアさんだぜっ!!

「……気分を悪くしましたか？　エルティナ様」

流石に心配になったのか、俺を気遣ってくる。

「ここは豚を放し飼いにしているのか？　あ……豚さんに失礼か！」と俺は返した。

ぶふぅぅぅぅぅっ！　と吹き出すエレノアさん。ツボに入ったらしい。

「……申し訳ありません。後でギルドに、討伐依頼を出してしておきますね？」と返してきた。

あの貴族が、フウタやエレノアさん達に色々ちょっかいをかけてきている貴族らしい。

上級貴族のため、直接叩けないのが厄介なんだそうだ。

暫く歩くと召喚の間に到着した。

やたら豪華なドアを静かに開けて、同じく静かに中に入る。

広い部屋の中央に、見たこともない模様の図が描かれている。あれが召喚陣だろう。部屋の四方には赤と金色の豪華なカーテンがかかっている。結構な年季が入っているのか少しくたびれていた。

それ以外は何もない。本当に簡素な部屋だった。

召喚の間には、主だった人物が各々の場所に収まり、儀式を待っていた。

まあ、ぶっちゃけ王様以外知らん。……と思っていたが、チラホラと知ってるやつがいた。

デルケット爺さんに……イケメン、でもって転生チート……おいぃぃぃぃぃ!?

アルのおっさん……なんでここにいるんだよ!?

「お、ちびっこも来たか？」

グリグリ頭を撫で回すアルのおっさん。や～め～ろ～！　髪が乱れるっ!!

「お久しぶりですアルフォンス様」

「お、エレノアも相変わらずの美人だな？」

と、親しげな会話である。

じ〜……とアルのおっさんを睨んでいると、エアレノアさんが苦笑いしながら、アルのおっさんが数少ないSランク冒険者であると教えてくれた。

「世界の終わる日が近いらしい……」

「ひでぇな、おい」

いつもどおりのやり取りで話を終える。

Sランク冒険者ということには驚かされたが、おっさんはおっさんである。いつもどおりのやり取りしかできんし……しない。

そんなこんなで、遂に勇者が召喚される時が来た。

部屋の中央に設置された魔法陣に魔力が集まり……やがて目が眩むほどの光を放つ。光が収束し、星屑のように散らばると……そこに人影が見えた。

勇者が降臨した瞬間であった。


その男は果たして勇者であろうか？

……説明しよう。

天然パーマの黒髪、脂ぎった顔には吹き出物がチラホラと出ており、分厚い眼鏡の奥にギラギラした目が見える。大柄な体躯は分厚い脂肪に覆われていた。

その姿は……アキバによくいる、バンダナを頭に、リュックを背中に、ジーパン装備の自由戦士『オタク』であった。……マジでこれが勇者なのか？

女神様あたりに「姿も格好良くしときましたよ」的な救済はなかったのか？

「そ……そなたが、勇者殿であるか？」

うわぁ……王様もちょっと引いてる。流石に……これは今までにないケースか？

周りを見れば皆、オタクを凝視している。言葉もない。オタク勇者は王様の方に向き直り姿勢を正して……、

「はっ！　私は、女神マイアス様に選ばれました勇者。タカアキ・ゴトウと申します」

と、ハキハキとした返答をした。

その後も、見た目はアレだが見事な受け答えで皆から感心を受ける。中身が外見と釣り合わない。

ここにいる全員が思っていることだろう。

「だいたいの話はわかりました……私にお任せください。必ずや魔王を討ち取ってみせましょう！」

ぐっと拳を握り決意表明する勇者タカアキ。見た目で損してる人の、見本みたいなやつだ。

王様が「やってくれるか」と喜ぶと、勇者タカアキは「そのための勇者です」と迷いなく答える。

その場にいた皆は彼を勇者として認め始めていた。

そして王様は、主だった者の紹介を勇者にし始めた。暫くして、俺の自己紹介となったのだが……。

「ふぉおおおおおおおおおおっ！　リアルエルフ幼女キタコレ!!」

勇者タカアキが、俺を見るなり雄叫びを上げた。

ま……まさか、こいつ……ガチロリコンか!?　身の危険を感じ、エレノアさんの後ろに隠れる。

どさくさに紛れて尻を触ったのは内緒な？

うへへ、柔らかい。ぷにぷに。

「……っと、失礼。怖がらせてしまいましたね？　少々……私の熱き魂に火が点いてしまいました。大丈夫、何もしませんよ？　Ｙｅｓ！　幼女！　Ｎｏタッチ！　幼女！　が……基本大原則なのです」

……どうやら紳士であるらしい……よかった。

「エルティナだ……一応、聖女ってことになってる」

エレノアさんの陰から超簡潔に説明した。

その僅かな間も、ぶふ～、ぶふ～……と、鼻息を荒くして俺を見つめていた。

その後、滞りなく説明が終わり……勇者タカアキは、彼のために用意された部屋に案内されていった。勇者召喚の儀は終了したのだ。

「随分と際物が召喚されたな」

と言いながら近付いてきたのは、転生チートのフウタだ。今日は白い軍服を着ている。

「ええ、悪い方ではなさそうですが……少しエッチな方なのでしょうか？　私の体を、ジロジロと見るのはちょっと……」

とエレノアさんが恥ずかし気に答えた。

「それは勘弁してやれ」

俺とフウタの意見が一致した瞬間だった。

◆◆◆

勇者が召喚された。そこに立っていたのは、いわゆるオタクと蔑まれる人種だった。

元々そっちの世界で暮らしていた俺にはわかる。

彼等は自分の大好きな物を極めようとする習性がある。グッズのコレクションに始まり、知識や情報、仲間内でちょっとしたチームを結成したりしている。

これが少し道を外すと途端に世間に蔑まれるようになる。

主に普通の人に理解できない物に執着し出すと、高確率で『オタク』と言われ引かれる。

迷惑をかけているのであれば問題だが、かけてなくても『オタク』と呼ぶ人がいる。

自分の知らない未知のものを、または自分にとって価値のない物を詳しく知っている者を『オタク』呼ばわりする人が……。

いや、俺は『オタク』ではないぞ⁉ ……まぁ『オタク』についてはもういいか。それよりも、勇者だ。……ちょっと、ステータスでも見てみるか……『ステート』。

小声で日常魔法『ステート』を発動する。

『ステート』とは、対象の情報を読み取る魔法だ。

練度が上がれば、対象の能力を数値にして読み取ったり、より詳しく情報を引き出せる。

よし、俺のステータスと比較してみるか……。

◆フウタ・エルタニア・ユウギ◆
人間　男　25歳　Sランク冒険者　エルタニア領主
腕力500　生命力450　俊敏750　魔力380
武器　剣S　槍S　鈍器S　拳S　弓S　特殊S
魔法　火S　水S　風S　土S　雷S　光S　闇S　治癒S
スキル　女神の加護　剣聖　転生者

対して勇者は……と。

◆タカアキ・ゴトウ◆
人間　男　25歳　勇者
腕力800　生命力850　俊敏350　魔力950
武器　剣C　槍C　鈍器B　拳S　弓E　特殊E
魔法　火E　水E　風D　土B　雷D　光S　闇E　治癒E
スキル　女神の加護　鋼の心　召喚者　オタク道　Yes幼女

同い年かよっ⁉　中年のおっさんの貫禄があったぞ⁉
ふむ……身体能力は、俊敏以外は凄いな。ただ、素質は残念なことになってる……サポートする

勇者
TAMAKI GOTO
YUSYA

者が必要だな。あとは……変なスキル混ざってるな？　なんだこれ？　……まぁいいか。

これなら、魔王とも戦えそうだ。少し鍛えれば、まだ強くなれるだろう。

勇者と言っても、元々は一般市民だしな……そうだ、聖女様も調べようと思ったんだった。

あの時は有耶無耶《うやむや》になってしまったが、本当に素質がないのかな？　俺は気付かれないように『ステート』を発動する。

◆エルティナ・ランフォーリ・エティル◆
しろえるふ　にょ　ごさいくらい　ちんじゅう
ぱわーないよ　いのちもりもり　すばしっこいかも　まりょくはぱわーだぜ
ぶきなんてなかった　まほうつかえるよ？　でもそしつはおまけででーだよ！
せいじょですがなにか？　ももせんせいはせかいいち～　けいしょうしゃ

……なんだこれ⁉　こんなステータス初めて見たぞ⁉　って言うか、エティルって確か男爵家の……少し離れた場所にいた、エティル家当主の姿を確認する。

ヤッシュ・ランフォーリ・エティル。四十五歳。

彼もまた冒険者でランクはA。今でこそ現役は引退しているが、若い頃は国王陛下の依頼を完璧にこなし、見事貴族の地位を手に入れたそうだ。

五年前、末の娘が亡くなったと聞いたが……この子はいったい？

ん……？　けいしょうしゃ？　そうか、この子は継承者か。しかし珍しいな、名前まで継承するとは……。

普通は能力を引き継ぐだけなのだが、余程先代を敬っていたのか？　でも、この素質じゃ……。

素質はエレノアに聞いたとおりだった。白エルフにもかかわらず……残念だ。

さて、ヤッシュ殿はこのことを知っているのか……？

聖女様も、ヤッシュ殿をチラチラ見ているが……。

まあ、これは当人達の問題だ……俺が口出しするものではないだろう。

そう考えていると、勇者が自己紹介し始めた……。

◆◆◆

……勇者召喚の儀にいた中年のおっさん。ヤッシュ・ランフォーリ・エティル。

初代の親父さんだ。自分のことを説明するべきか迷っていたが、今は止めておこうという結論に達した。まあ、面倒事になるだろう……というのが本音だからだ。

それから三日後……負傷者達の治療を早めに終えた、俺とエレノアさんは登城していた。

なんでも重要な話があるらしい。面倒事は勘弁なのだがな……。

しかし、そうも行かないのがファンタジー世界。「登城せよ」という時点で終了なのだ。

何事もなければいいな……と思いながらエレノアさんに手を引かれ、俺は城の門をくぐった。

◆◆◆

「タカアキさん……あなたは、勇者召喚に選ばれてしまいました」

私の目の前には、女神様がいた。

ええ、あの女神様です。間違いありません！　だってエロいから!!

乳白色の綺麗な髪に純白の翼。エロい肉体！　美し過ぎるお顔！

「呼ばれる前から愛してました！」（きりっ）

「え？　えぇ～!?」

いきなり、こんなことを言われて困っている女神様。……当然か。

「申し訳ありません。私の感情がバーストしてしまいました」

「そ……そうでしたか」

困った顔、可愛い。表情が崩れると、途端に幼い感じになるのもグッド！

「タカアキさん、あなたはこれから異世界『カーンテヒル』に転送されることになります」

「異世界に……？　私は、ただの好青年ですが？」

異世界行きキタコレ！　ハーレムパーティー！　ハーレムパーティー!!

「あはは……自分で好青年言っちゃいますか？」

困った表情で、はにかむ女神様可愛い。お持ち帰りしたい。

しかし……私はどうして選ばれたのだろうか？

「女神様……お名前聞かせてもらってもよろしいでしょうか？」

私の言葉でハッと、我に帰る女神様。

「これは失礼しましたね？　あのような入り方をする方は、いなかったものですから……。私は女神マイアス。これからタカアキさんが赴く『カーンテヒル』の管理者です」

「マイアス様……ですか。これからはマイたん、と呼ぶことに決定しよう」

ぽか～んとなってしまったマイアス様。

いかん……建前と本音が逆に出る。これも女神様が、ふつくし過ぎるからいけないのだ。そう私は悪くない。

「……失礼しました。またしても私の萌えゲージが破損してマイアス様を困らせてしまいましたね？　どうかお許しを。……それと、どうして選ばれたのかお聞かせ願いたい」

「ふ、ふえっ⁉　え、あ！　はい！　……どうもタカアキさんは、調子が狂いますね」

コホンと咳払いしてマイたんは話し始めた……私が選ばれた理由。そして、私のこれからのことを……。

「タカアキさんが選ばれた理由は……ただの偶然です」

「偶然……ですか」

なるほど！　偶然か！　まぁ、美しい女神様に会えたから良しとしよう！

ぐふふ……！　あれです、宝くじに当たったようなものでしょう！　ハァハァ。

マイたん……美しすぐる……神か。……いや、女神か。

「これからタカアキさんは、ラングステン王国のフィリミシア城に召喚されます。世界を救う『勇者』として……」

「私に世界を救えと……？　私にそのような能力はありませんが？」

「大丈夫です……そのために、ここにお越しいただいたのですから……」

そう言ったマイたんは、私の頭に……手が届かなかった。身長差があり過ぎたのだ。

「少し屈んでもらえますか？　手が届かないんです」

「顔を赤らめたマイたん、テラカワユス」

そう言って私は屈んだ。ポコッと叩かれたが気にしない。むしろご褒美である。

「これからタカアキさんに、勇者としての能力を与えます。どうかこの能力を正義のために、そして……弱き者を守るための剣となってください」

……私の中に、勇者としての能力が流れ込んでくる。これが……能力か。

そして……マイたんの愛を、感じる……！

「ふおぉぉぉぉぉぉっ！　み……な……ぎ……って、キターーーーーーーーーーッ!!」

「ひゃん!?　び……びっくりした!?」

おっと、イケない。マイたんの愛が漲《みなぎ》り過ぎて溢れた結果……声に出てしまったか。

「すみません。驚かせてしまいましたね？　マイアス様のお力が満ち溢れた結果です。仕様なので我慢してくれると嬉しいのですが……」

「し……仕様なら、仕方がないですね？」

ちょっと疲れた顔をしているマイたん。慰めてあげたい。

「これでタカアキ様に能力を与えることができました……」

マイたんは、一息ついて私の顔を見つめた。

「タカアキさん……あとは、容姿、及び性別も変更できますが……いかが致しますか？」

ふむ……容姿か。残念ながら私の容姿、見た目は最悪だろう。

勇者というよりは、トロルやオークが近い。しかし……だ。

「この身は、亡き母が与えてくれた……何ものにも替えがたいものです。申し訳ありませんが……私はこのままの姿で、異世界へと赴きましょう」

私の言葉に、マイたんは驚いたようだった……が、満面の笑みで言った。

「それでこそ勇者です。さぁ……『カーンテヒル』が、フィリミシアの人々が……タカアキさんが来るのを心待ちにしてますよ？」

「はい。それでは……お願いします」

マイたんは私に、黄金に輝く光の粒を纏わせ始めた。とても優しくて……悲しげな光だった。これは、マイたんの心の光なのだろうか……？

「ごめんなさいタカアキさん」

「これも、運命だったのでしょう。お気になさらず」

与えられた能力の中には……色々な知識も入っていた。

その中の情報の一つに……勇者召喚された者は、二度と元の世界には戻れない……というものが含まれていた。そう、私は元いた世界では、死んだことになっているのだ。

「それでは……行ってまいります」

「タカアキさん……あなたの行く道に、祝福があらんことを……」

それが……私が聞いたマイたんの最後の言葉。

私は光に運ばれて、真っ暗な空間を飛ぶ。私を待つ人々の元へと……。

そして、そこで……私は生涯の友と出会ったのだった。

◆◆◆

城の一室に案内された俺達を待っていたのは、勇者タカアキとフウタ、アルのおっさんと……豪華なご馳走だった！

デッカイ海老やローストビーフ、手の込んだケーキや果物！　まだまだあるぞっ！

うひょう！　ご馳走の山だぁぁぁぁっ!!　ミランダさんの料理もいいが、こういう豪華絢爛なご馳走を、俺は待ち侘びていたのだっ!!

『世界食べ歩き計画』ができない現状、これはありがたい。は～ん、涎出るわぁ……。

「ようこそ！　聖女様、エレノアさん！」

勇者タカアキが挨拶し、俺達をエスコートする。流石に今日は、俺を見て興奮することは控えているようだ。彼の服装は、勇者らしい格好に着替えられていた。

「さて、今日は重大な報告がある」

と、フウタが重々しく口を開く。

「お話とはエルティナ様でしょうか？　それとも……」

「あぁ……君だエレノア、勇者のパーティーに俺、アルフォンスさん、そして君が選ばれた」

なんだってー!?　どういうことだそれは!?

「それは国王陛下の？」

フウタは重々しく頷き……

「あぁ、この三日間タカアキの指導をしていたんだが、条件次第で魔王を討伐できると踏んだ。そして陛下にそのことを伝えた」

その条件とはランクS冒険者でパーティーを組み勇者をサポートし、魔王に挑むというもの。更に全戦力をもって、戦闘中の勇者達に邪魔が入らぬよう、他の魔族達を押さえ込むというものだった。

「命がけの仕事になる」

とても難しい顔で言うフウタ。チート様らしくないぞ!?

「何を今更、難しい依頼の時はいつも……こんな感じでしたでしょう？」

と、微笑み返すエレノアさん。とても綺麗な笑顔だった。

「じゃ、これでパーティー結成だな？」

と、魔法使いの装備で身を固めたアルのおっさん。

おっさん魔法使いだったんか……いつもみすぼらしい革鎧つけてたから、戦士だと思ってたのに……。

そのことを聞くと「あれは世を忍ぶ仮の姿さ」との話。

「さて……勇者タカアキ。ご覧のとおり……俺、アルフォンスさん、エレノアが君に同行する。魔王討伐は困難を有するだろうが、どうか俺達を信用して欲しい」

勇者タカアキは頷き「願ってもない！　こちらこそよろしく!!」と、清々しい笑顔で答えた。

ああ、これでルックスさえ……と残念がるメイドさん達。意外なことに好意を持たれているらしい。

それからパーティー結成の宴に突入した。

やっと飯が食える！　だが……慎重に食べる物を選ばなければ！　今の俺は幼女！　食べられる量も限られるのだ!!

俺にとっては、魔王討伐よりも困難なミッションかもしれない!?　と思ったらエレノアさんが、小皿に食べ物を載せて持ってきてくれた。

……唐揚げばっかりじゃねぇかっ!?

アルのおっさんを見ると、グッと親指を立てていた。清々しい笑顔が憎い。

野郎……余計な真似を。

結局断るわけにもいかず、唐揚げで腹いっぱいになってしまった。がっでむ。

宴も酒が入り、だいぶ経った頃。

突如、勇者タカアキが立ち上がり、腕を上下に振り「おっぱい！　おっぱい！」と連呼し出した。

……おっぱいコールである。

キョトンとした表情で、それを見るエレノアさんと俺。

俺は男三人が、エレノアのおっぱいの話に花を咲かせていたのを聞いていた。おっきな耳便利。

続けておっぱいコールに、アルのおっさんが加わった。

この流れ……乗るしかねぇ！　俺も近くに駆け寄り、おっぱいコールに参加した。

尚、フウタは辞退したもよう。へたれめ！


宴も終わり……現在、俺達は正座させられ、エレノアさんにお説教を受けていた。

だが俺達の友情は、固いものになったと自信が持てる。お説教が終わり、俺達はガッチリと握手した。

「友よ、私は今日という日を……生涯忘れないだろう」と、勇者タカアキ。

「ああ……がんばろうぜ！　魔王討伐!!」と、魔法使いアルフォンス。

「俺は一緒に行けないが……成功を祈っている」と、俺。

そして、三人は声を合わせ言った「全ては、おっぱいのために!!」……おっぱい同盟結成の瞬間だった。


宴の後、テクテク……とイケメンと城を出た俺。

エレノアさんが勇者と魔王討伐に出かけるので、イケメンが城で待機してたらしい。

暫くは、別の者が俺の付き添いになると言っていたが……。

三ヶ月以上、濃密な付き合いがあったエレノアさんがいなくなるのは、正直不安だ。

次の日、新しい付き添いにネーシャ・ネネルという女性が付いた。四十代の女性だ。

治癒魔法は、あまり得意でないそうだが、世話焼きで面倒見が良いとのこと。

実際、良く気が利く優しい女性だった。

なんだか向こうのお母ちゃんを思い出した。今頃、どうしてるのかな……?

今はもう……顔も思い出せない、元いた世界の母親を想った。


そんなこんなで、五日後……いよいよ勇者達一行が出発する日が来た。

城のテレポーターの門の前に、勇者一行はいた。

勇者タカアキ。剣士フウタ。魔法使いアルフォンス。治癒師エレノアといった面々だ。

まんまRPGのガチメンバー構成である。バランスとれてる～!

勇者の見送りは、意外にも少人数であった。王様を含め、重鎮が数名に俺……という面々。

「見送りが少なくてすまないな」と、王様がすまなそうに言った。

「とんでもない、見送りがあるとは思っていませんでした。ありがたいことです陛下」

と返すタカアキ。マジイケメン。ブサイクだけどイケメン。

略してブサメン。……これで行こう。

「生きて帰ってこいよ……タカアキ」

俺はタカアキに声をかける。……気の利いた台詞が浮かばなかったよ。

彼はにっこり笑って俺に返事をする。

「もちろんだとも、小さき友よ」

「そうだな、死んだら……つまらんからなぁ」

と、アルのおっさん。そして、息の合ったように吐かれる台詞。

「全てはおっぱいのために!!」

俺たち三人は拳を合わせ、友情を確認し合った。

エレノアさんに小言を言われたのは……言うまでもない。

「ユウギ男爵……勇者殿を頼む」

「お任せを……陛下。あの男には、くれぐれも……」

となにやら向こうも、混みいった話を終えたようだ。そして勇者一行は門を抜けて、戦場に向かった。後に残された俺達は、その場で解散となり……それぞれの帰路に就く。


「ただいま～」

「あ！　おかえりなさい！　エルティナ様！」

帰ってきた俺を、エミール姉が出迎えてくれた。丁度休憩中だったようだ。手にはソフトクリームを持っている。

「バニラか……やるな!?」

「えへへ……今日も暑いですからね？　水分補給ですよぉ」

大量に違うものも補給してるんですが？　と思ったが口には出さない。

俺は謙虚なのだ。

治療所に着いた俺は、早速……負傷者達のけがを診る。

わぁお！　午前中、見送りに行ってたから随分と溜まってるな!?

「うわ～！　エルティナ様！　待ってましたよぉ！」

ヘタレビビッドが、ひーひー言いながら『ヒール』を負傷者に施している。訓練の甲斐あって、以前よりも格段に早く仕事ができるようにはなったが……それ以上に負傷者の数が増加中だ。……泣けるぜ。

勇者達が向こうでがんばっているんだ、俺も泣き言を言うわけにもいくめぇ！　てやんでぃ！　とか江戸っ子みたいなことを思っていた俺。

終始そんなテンションで『ヒール』を施しまくった。……ちなみに俺は江戸っ子ではない。

治療を終えて、食堂でミランダさんとたわいもない話で盛り上がっていたところに、イケメンがやってきて、ギルドマスターの部屋に来て欲しいと言ってきた。

面倒だが、行くことにした。は～めんどい、めんどい！


「……どうやら、他の国も勇者召喚に成功したらしいのです」

と、デルケット爺さんの重々しい台詞。

「いいことなんじゃないのか？」と聞くと……そうでもないらしい。そもそも、勇者召喚はラングステン王国の専売特許でその技術は長い間、極秘中の極秘とされてきた。

つまり……王国内部に、その技術を横流ししたやつがいるらしい。

「現在、勇者同士の睨み合いが続いております」

勇者を召喚したのは、ラングステンを含め三ヶ国。

中央大陸のラングステン王国。

西の大陸のドロバンス帝国。

南の大陸のミリタナス神聖国。

「勇者召喚により同盟は意味を成さなくなり、力を合わせる等とても……」

何をやってるんだか……これはデルケット爺さんも頭を抱えるわ。

なんともまぁ……王様も大変なことになったな。……と、同情しておく。

でも、こういうことの処理は王様の仕事だ。俺には何もできん。

「そこで、お願いなのですが……」

デルケット爺さんが、何か言いたげだが……いいのよ？　言ってても？　話してみ？

「実は……同盟は機能不全に近いですが、稀《まれ》にこちらのテレポーターにも、他国の兵が入って治療を受けに来ています。どうか彼等の治療を、引き続き行って欲しいのです。勇者召喚による関係の悪化は、国同士によるものですが、戦場に立っている者達は義によって立ち上がった冒険者や、愛する家族を守るために戦う兵士なのです」

と、一気に言ったデルケット爺さん。

無理すんな。ぜえぜえ、言ってるじゃないか。水飲め、水。

水を飲んで一息ついたデルケット爺さんは「どうか、どうか……」と、俺に頼み込む。よく見も知らずの他人のために、ここまでがんばれるなぁ……。

「私からもお願いします」と、イケメンも頭を下げてきた。

「別に……俺はただ、負傷者を治すだけだ。そいつらの事情は知らん」

と言って「何でもいいから片っ端から連れてこい」とも言ってやった。

なにやら俺も、プロ根性みたいなものが、備わってきているらしい。

二人は顔を合わせ「ありがとうございます！　聖女様！」と言って喜んでいた。


自室に戻った俺は、いつものトレーニングを終え、桃先生を食べていた。当分、自由な時間はなさそうだ。俺は勇者のことを考えていた……。

「……勇者が三人か」

強過ぎる力同士は、反発しか……しないのだろうか？

……そんなことないだろう。転生チートとブサメン勇者様は仲が良い。たった数日で、数年来の親友みたいに接している。フウタは、おっぱい同盟にこそ入ってないが……。

「ようやく露店街の屋台に行けると思ってたのに……何でこうなった？」

金は貯まるが肝心の買い食いができない。くそう。金だけあっても、使えないいんじゃあ意味ないんだよっ！　俺の食に対する欲求は深まる一方である。

「美味しい物、食いてぇなぁ……」と思ってるうちに微睡み、眠りに就いていった。すいよ、すいよ……んがが。

敵兵無き戦場なう。

どうも、白エルフという名の珍獣です。私は元気です。ふきゅん。

「くらぁ！　死にかけてるやつから回せ!!　死なねぇやつは後だぁ!!」

俺の怒号が部屋に響く。

すげ～！　負傷者の洪水やで～!?　未だかつてない規模の負傷者の皆さん。

治療が間に合わなくて、既に亡くなってる方もチラホラ……くそぅ！

「ちくしょう！　なんじゃこりゃ!?　治癒魔法使えないやつもかき集めて、応急処置に当たらせろ！　少しでも生き延びさせろ!!　くるるぁ！　ビビッド！　動きが鈍いぞ！」

ヴァ～!!　時間が！　人が！　まったく足りん！　がってむ！

「エルティナ様！　ティファニーが倒れました!!」

「んだとぉぉぉぉぉっ!?」

無茶しやがって……。

ティファ姉は、若手の中でも随一の治癒魔法の使い手だが、ここ暫くの無茶が祟ったか、遂にダウンしたようだ。

やばいぞぉ!?　これはやばい!!　魔王相手に、全裸で戦いを挑むくらいヤヴァイ!!

今……この現状、一人でも離脱すれば……崩壊する！

ここは……無茶は承知でやるしかないか、試作型広範囲治癒魔法『ワイドヒール』!!

「多人数を、一気に治せれば楽じゃね？」という、極めて短絡的に考えて構築したオリジナル魔法である。

尚、作るのは意外と簡単。

呪文にイメージを乗せて、唱えて発動すれば成功。効率とかは、後で調整すればいい。

中二病的な呪文を、無詠唱になるまで唱えれば完成だ。

創られてそうで、創られてなかった広範囲治癒魔法。理由は簡単、普通のヒーラーでは実用することができなかったからだ。

問題になるのは……膨大な魔力消費量。なんと！　ヒールの五十倍近く。ナニソレコワイ。

消費した魔力は、通常ならゆっくりとではあるが、周りから少しずつ体内に補給されていく。なので連続しての『ヒール』であれば五十回使ってもある程度は魔力が回復した状態であるが……こいつは一発で『ヒール』五十回分である。

なので初めて使った時は一発で意識を持っていかれた。目覚めると、頭にたんこぶができていて痛かった。ちくせう。

しかし、今度は……いざという時のために、改良を重ねたものだ。

カスタマイズした時の形は軍艦だった。俺はそれを『ペガサス級』に改造した。

なかなかの大改修だったがうまくいった。回復効率は少し落ちたが……魔力消費を極限まで抑えることに成功。

それでもヒールの十五倍近くになったが……範囲も調節できるようにしたし、ティファ姉の分の負傷者をカバーできるはずだ！

「ティファ姉の担当分を……こっちに回してくれ！」

「無茶なっ⁉　エルティィナ様まで倒れてしまいますよ⁉」

ルレイが俺を案じて言ってくれるが……けが人は待ってくれねぇし、放っといたら死んじまうやつもいる。今まで散々見てきただろう？

「無茶は承知の上だ！　……俺を信じろ‼」

……今、俺の未体験ゾーンの挑戦が始まった。やってやるぜっ！（熱血）

結論から言おう、その日はなんとかなった。

但し……俺達、若手ヒーラー部隊は壊滅状態だ。

ワイドヒールきつ過ぎ、エミール姉も倒れて、三人分補うことになったが……流石に命の危険を感じた。……びくん、びくん！

歯ぁ食いしばって、治癒魔法を使ってたが……、

「聖女様ぁ！　それ以上は、いけやせんぜっ！　死んじまわぁ‼」

……と、復帰組のデイモンド爺さんに止められた。

この人は、よく周りを見てくれているので頼りにしている。しかし、情けない。

若い俺達が先にダウンするなんて！　これじゃあ、この先どうなることやら……。

その後は戦闘も一段落したのか……負傷者も疎《まば》らになった。おかげでなんとか、その日は乗りきったのだった。

たとえ治癒魔法に素質があっても、いくら魔力が豊富でも、数の暴力には勝てなかったよ……ぜえぜえ。

しかし、まぁ……これ明日も乗りきれるのか？　治療で不安になるのは初めてのことだ。

今までも確かに大変だったが、今回は今までの比じゃない。

自室に戻り、ウンウンと自問自答すること三十分。トレーニングに三分。

良いアイデアも出ず、困り果てた俺は桃先生を呼び出して……。

「……桃先生、どうすれば⁉」と、桃先生を見つめ問いかける。

「諦めたらそこで終わりだよ？」と、言われた気がした。

「そうだな、終わったら嫌だもんな。諦めるわけには……いくまいて！」

俺が誇れるのは、今のところ治癒魔法くらいなものだ。それを頼ってやってくるやつ等を、治してやらんでどうするよ⁉

桃先生をシャクっとかじる。甘い果汁が、折れかけた俺の心を癒してくれる。

明日もがんばろう。

……そうだ、皆にも桃先生を奢ってやろう。この甘味は、きっと力になる。

俺は疲れ果てた体と心を休ませるため、ベッドに潜り込んだ。ふごご……ぎりぎり……。


俺は、治療所に出る前に、ミランダさんに桃先生を大量に預けた。

限界が来て倒れたヒーラー達に食べさせてやるためだ。

「休憩中に出して、元気付けてやってくれ！」と、頼む。

快く承諾してくれたミランダさんは、鮮度が落ちないように『フリースペース』の魔法で桃先生を収納していく。

すげ～！　練度すげ～!!　収納が冷蔵庫だ！

一瞬で出てきた冷蔵庫っぽい、箱型の『フリースペース』。

そんなこともできるのか……俺も、もっと練習しよう。


さあ！　来たぞ!!　負傷者の山!!　ひゃあ！　たまんねぇ!!（白目）

「行くぞ！　おまえらぁ!!　戦闘開始だ!!」

号令をかけ、萎える心を奮い立たせる。昨日のことがトラウマになってる者もかなりいる。……でも、そんなことは言ってられん。

「やらなきゃ、やらなきゃ……！」

「肩に力が入り過ぎだよ。もっと落ち着いて？」

ベテランのヒュース・フラックが、エミール姉のフォローに入ってくれる。これなら、なんとかなりそうだ。ヒュースさんは、フィリミシアのヒーラーではトップクラスの実力者で、俺が治療所に来るまではエレノアさんとツートップを張っていたそうだ。

黒髪のオールバックで容姿端麗なステキなおじ様だ。尚、結婚していて娘が二人いる。

「ほらほら、患者が待っているわよ？　急いで、でも焦ってはダメよ？」

復帰組のヒルダ婆ちゃんが、ディレジュに発破をかける。

ヒルダ婆ちゃんの『ヒール』は、昔と比べると流石に効果が落ちてきてるが、そこは流石昔取った杵柄。『ヒール』の重ねがけという技術でカバーしていた。

これは、タイミングよく『ヒール』を重ねがけすると、効果が二倍になるという高等技術だ。残念ながら俺はできない。

タイミングがシビア過ぎるのだが、この婆ちゃん……当然の権利のごとく成功させてくる。マジッぱねぇ！　コツは『ヒール』を強く短く発動させること……らしいのだが、俺は溢れんばかりの魔力を垂れ流す『ヒール』なので、相性が悪いのだ。うごごご……！

「うわわ～!?　多過ぎる～!?　どうしよう！　どうしよう～!?」

「どうするも、こうするもねぇだろ！　ほらっ！　治療するぞ!!」

あまりの負傷者の多さに、慌てふためくビビッド。その彼に活を入れたのは、復帰組のジェームス・ドーガだ。

彼は一言で言うと……老人マッチョだ。ムッキムキだ。腕なんて丸太だ。ちなみにヒルダ婆ちゃんとは夫婦である。

うん、老いても歴戦のヒーラー達だ！　頼りになるぅ!!　でも、頼りっぱなしはダメだってことは、若手ヒーラー達が一番よく知っているはずだ。精進せねばっ！

三時間ほど経ったくらいだろうか？　最初の離脱者が出た。

「す……すいやせん！　こんな大事な時に……!!」

「何言ってんだ!?　よくやってくれたさ！　休んでいてくれっ！」

復帰組のデイモンド爺さんがリタイヤした。

相当な無理をさせてしまったようだ……反省しなければ。特に、年老いてくると魔力の回復が遅くなる、つまり魔力が枯渇すると死ぬ確率が高くなるのだ。

……無理をさせたくはないな。

「ひひ……ひ～るぅ……へぶしっ!?」

「ビビッド!?　……ムチャシヤガッテ」

続けて、若手のビビッドが戦線を離脱。これは想定内！

しかし……苦しい戦いになってきた。空いた穴を残っているメンバーで、やり繰りして補う。それから一時間経過、負傷者の数は減らず……増える一方だ。

それでも、なんとか耐える……が、ここでティファ姉がブッ倒れる。

きぃや～!?　やっぱり無茶してたっ!!

急遽、ワイドヒールでカバー。おごごご!?　魔力消費がデッドヒート!?　ゴールしたら死んでしまう！　やばい、やばい!!　絶望感、半端ない！　た～す～け～て～!!

するとデイモンド爺さんと、ビビッドが戻ってきた。ほわい？　大丈夫？

「おぃ……デイモンド爺さん、大丈夫なのか!?」

リタイヤした時の青白い顔も、今は平常に戻っている。

「それどころか……昔よりも魔力が充実してまさぁ！　あの『モモセンセイ』って果物はとんでもない効果ですぜ!!」

……と、デイモンド爺さんが興奮しながら熱く語った。

「俺も！　これなら行けます!!　やらせてください!!」

頼もしいことを言ってくるビビッド。

「……！　頼む!!」

二人の頼もしさに、不覚にも目が滲む。しかし、桃先生にそんな効果が……？　わからん。でも、これで立て直せる！　やったね！　エルちゃん！

「え!?　ヒュースさん！　しっかりしてください！　ヒュースさんっ!!」

エミールの悲鳴。まさか……!?　ヒュースさんまで倒れるのか!?

「ヒルダッしっかりしろっ!?　おい……おいっ!!」

ジェームス爺さんがヒルダ婆ちゃんを抱えて体を揺するが……目を覚ます気配はない。

「二人を、安静な場所に……ここの食堂に運ぶんだ！　……すまないが、頼めるか!?」

俺は治療を終えた兵士に、二人を食堂に運んで休ませてくれと頼む。

「わかりました！　お任せを!!」

快く引き受けてくれた兵士達は、二人を食堂に移動させてくれた。

……俺の背中に嫌な汗が流れるのを感じた。

二人戻ってきたが、ヒルダ婆ちゃんとベテランのヒュースさんが離脱。

この二人の離脱はヤバイって！　戦線維持できなくなっちゃ～う!!

俺はパニックになりかけていた。どうやって立て直す!?　空いた穴はでか過ぎる!!

あ～やって、こ～やって……あばばばばば……!?　どうすんだこれ!?

「戻りました！　すみません！　復帰します!!」

なんと、ぶっ倒れたティファ姉が戻ってきた。

「ふきゅん!?　……大丈夫なのか？」

驚き過ぎて、変な鳴き声が出た。しかし、ティファ姉は笑顔で……、

「エルティナ様の『モモセンセイ』のお陰です！　魔力も充実していますよ!!」

力強い言葉と共に、治癒魔法を施していく。

これは……やはり桃先生の隠された力が解かれたとか……か？　いや、元々あったが……俺が気付かなかっただけか。

これは、いけるんじゃないか？　桃先生！　ありがとうございます!!　これで、負傷者達を救ってやれます!!

ここで俺は、皆に「ぶっ倒れる前にミランダさんのところに行って休め！」と指示。

一人ずつ交代で休憩させ……抜けた穴は、俺やベテラン勢でカバー。

それでも、精神をすり減らす治療は続いた。まさに綱渡り状態。その状態で時間は過ぎて行き……そして遂に……今日も乗りきった。


「お疲れさん。今後は、この作戦でいこうと思う」

俺達は、治療後のミーティングを開いた。桃先生の有用性に気付いたからだ。

桃先生があれば、今日のように休憩を挟めるのが、皆わかったようだ。

「聖女様は、休まれないのですかい……？」

デイモンド爺さんが心配そうに言ってくれるが……、

「俺は抜けれない。四肢欠損は俺しか治せないようだし……休んでて何かあった時に、すぐ対応できなくて死なせてしまったら、本末転倒だ」

「……ですが……それでは……」

まぁ、そういうことだ……と言ってミーティングを終える。

言いたいことはわかる。でもこれは、現状……俺にしかできんことだ。聖女はつらいよ。

でも心配するな？　俺には『世界食べ歩き計画』なる野望がある。無茶して死んだりせんよ？

たぶん！


自室に戻り、いつもどおりトレーニングをして、桃先生を食べてベッドに潜り込む。

少しずつ希望が見えてきた。

あとはタカアキ達が、魔王を討ち取ってくれるのを祈るばかりだ。なるべく早くな！　……と願いつつ、俺は深い眠りに落ちていった……ふきゅきゅ……ふきゅ～ん……。


綱渡りのリレー治療開始から三日後……俺達治療チームに、一つの情報がもたらされる。

勇者タカアキが、西の大陸ドロバンス帝国の勇者を撃退したと。

なんでも、南の大陸ミリタナス神聖国の勇者を襲っているのを見つけて、ぶちのめしたらしい。

南の勇者は女だったそうだ。

奇襲を受け、敢えなく倒された挙句、服をひん剥かれて強姦されかけてたのを、タカアキが見つけ、張り手一発で仕留めたらしい。……張り手⁉（白目）

西の勇者は、モヒカンヘアーの世紀末ヒャッハーな……チンピラだそうだ。

よく勇者になれたな……（呆れ）。

これにより、ドロバンス帝国は戦場を撤退し、ラングステン王国とミリタナス神聖国の共同戦線が張られるらしい。

しかも南の勇者がタカアキに惚れてしまったとか。ブサメン、マジすげ～‼

今後はドロバンス帝国との関係が、悪化の一途を辿るのが問題になるらしいが……。

そんなのは知らん！　俺に、どうせいちゅうんじゃ⁉　王様に丸投げして差し上げろ‼

……で、ここでようやく魔王討伐が実現できそうなので、同盟軍と魔王軍の睨み合いが続いてる。

兵の消耗を避けている状態だそうな。

こちらは、一気に勝負を決める電撃作戦なので、多くの兵をもってしないと成功しないからだ。

「なるほど……今日、負傷者が少ないのはこのためか？」

「はい、ここからが正念場になるでしょう」

と、イケメンが答える。そうなると……。

「作戦の決行時期はわかるかな？」

「三日後には、準備が整うらしいので……少なくとも五日後ではないかと」

「そうか」と言ってお礼をイケメンにしとく。

少なくとも五日後ぐらいに、ここも激戦区になるということだ。

作戦内容から、前例にない数の負傷者が運び込まれるだろう。できるだけの準備をしておかなければ……。

でないと、とんでもないことになりそうだ！　はい！　間違いなく！　がたがた……。

「俺なんで、こんなことしてんだっけなぁ……？」

……今更なことだった。

◆◆◆

「おいぃぃぃぃぃぃぃ!!　包帯ありったけ用意しとけー!!」

エルティナ様の指示が治療所に響きます。

私はティファニー・グロレンス。Bランクヒーラーです。先日Bランクに昇格しました。

いえ……私だけではありません。ここにいるヒーラーの皆は、ほぼ全員……とてつもない速度でランクアップしてます。

「消毒液の補充少ないぞ⁉　なにやってんのっ⁉」

エルティナ様はヒーラーの少なさを、応急処置できる非ヒーラーで補おうとしています。

普通のヒーラーが聞けば侮辱とも取れるでしょうが……一度でもここで治療に携われば嫌でもわかるでしょう。

ここは戦場です。敵兵なき戦場です。なので、命が失われます。いとも容易く、簡単に、呆気なく……。

今度はマイアス大聖堂に走っていき、人を集うエルティナ様。

「手伝ってくれー‼　応急処置できれば、子供でも構わん‼」

切羽詰まった、エルティナ様の声。それに応える一般市民の皆さん。続々と復帰する引退ヒーラーの方々。決戦の日は、刻々と迫っていました……。

「僕達も、できることをしよう。エルティナ様だけに、重荷を背負わしたらダメなんだ」

「ビビッド……そうね。私達もできることをしましょう！」

彼もまた、エルティナ様に鍛えられて急激に成長した一人です。本当に別人のように成長しました。あの頃の彼とは思えないほどに……。

でも、まだエルティナ様に『兄』と呼んでもらえないと、情けない姿でいじけているので、もう一皮むける必要があるみたいです。

「ここからが正念場ですね？　私達も覚悟して事に臨まなくては！」

ルレイも、エルティナ様のお手伝いをしているようでした。手には大量の消毒液が入った箱を抱えています。

「ようやく……ここまで来たんです。絶対に、笑顔で終われるよう……努力しましょう！」

「くひっ、そうねぇ……私も笑顔で終わるわ。くひひひひひひひひ……」

「うわぁ……ディレジュ先輩、こっわ!?」

ディレジュが不気味な笑いを上げています。言ってることはまともなのに……その笑い方で、台無しになっていました。挙句、エミールにもドン引きされています。

あ、エミールがディレジュに捕まって……余った肉を揉まれまくってます。

「あんたは……いつから……そんな口が……聞けるようになったのかしら？」

「お……お助け～!?」

口は災いの元。私も気を付けよう。

「おまえ等、暇そうだな？　て～つ～だ～え～!!」

ぷんぷん、怒りながら……じと目で私達を見てくるエルティナ様。ちょっと可愛いと思ってしまいました。……反省。

「は……はい！　私達にお任せください！」

私達、若手ヒーラー五人の声が重なりました……。

がんばろう、皆と……私達の希望、聖女エルティナ様と共に……。

◆◆◆

「デイモンド爺さん！　復帰組の指揮、任せていいかっ⁉」

聖女様がわしに、復帰組の指揮を任せると言って二日経った。

現在、わしと共に現役時代を過ごした生き残りを集め、リハビリ兼、連携の確認作業をしとった。

わしの名はデイモンド・オワーグ。

引退して、悠々自適に過ごしていた老いぼれじゃ。

聖女降臨を噂に聞いて、どんな娘か冷やかしに来たのが運の尽き。

そのまま、復帰組としてヒーラーに戻っちまったんじゃ。

「人員は、いくらあっても構わんぞぉぉぉぉぉっ‼」

そう、この娘でなければ……復帰なんぞ考えなかったじゃろうな。

聖女様は、御年五歳。……五歳じゃ！　五歳なんざ、辺りを駆け回って遊んでる年頃じゃ！　それがなんじゃ！

聖女に祭り上げられて、戦争の片棒を担がされておる！　いくら白エルフとはいえ、大人がやっていいことじゃなかろぅがっ⁉

「頼むぞぉぉぉ！　向こうで戦ってるやつ等にとって……ここが最後の希望だ！　絶対に死なせないように、準備を万端にしとけぇぇぇぇぇぇっ‼」

五歳児の台詞じゃねぇ！

でも……わしじゃ、大して力になれねぇ！　こんなことなら若い頃に、もっと鍛錬を積んどくんじゃった!!

わしは自分でも知らないうちに、拳を強く握り過ぎ……手から血を流しとった。

「くそ……何でロートルになってから……こんなことなら！」

「デイモンド……そんなに自分を責めるな」

復帰組のセングラン・ドルトス。わしの親友、兼ライバルだったやつじゃ。

「確かに俺達は老いたし、体力、魔力も若い連中に劣る」

でもな……と言って、わしの目を真っ直ぐ見た。

「経験と小賢しさは……まだまだ負けんよ？」

そう言って、ニヤリと笑った。……そうじゃ。こいつは、こういうやつじゃった。

「……時代が悪い。としか言いようがないが、これもまた運命。ならば俺達が、聖女様の負担を軽くするよう努めればいい」

違うか？　……と、セングランはニカッと笑って言った。

ああ……そうじゃな！　わし達、老いぼれでも……まだやれることはある。

「……命を救う。引退して尚、命の重さを知ることになるなんてなぁ……」

周りを見れば、このために復帰した元同僚がズラリといる。

皆、しわくちゃの爺と婆だ。

だが皆、このために生活を投げ打って集まってくれた。

「よし……見せてやろうじゃねぇか！　一時代を支えたヒーラーの力をよぉ!!」

「おうっ！」と、気合の入った声が揃う。

やってみせますさぁ！　聖女様よぉ！　この頼もしき老いぼれ達と共に!!

◆◆◆

「がんばっていますね……エルティナ様」

ヒーラー協会に集まってくる協力者達に、丁寧な説明をして回っている幼い少女。

我がヒーラー協会の希望、聖女エルティナ様だ。

私は、ヒーラー協会の会議室の窓越しに彼女の姿を見た。

「頼んだ！　当日はとにかく人手が足りん！　手の空いてるやつを知っていたら、ここに手伝いに来させてくれ！」

小さな体をいっぱいに使って、あっちにこっちにと、走り回ります。

見知らぬだれかのために、苦労を惜しまない彼女。無茶な治療も、平然とやってのけます。

しかし……その行動はいつも危うい。

膨大な魔力に任せた治療の数々。抜けた穴を補おうと無理をする姿を、ここ最近見ない日はない。

負傷者を死なせたくない気持ちはわかります。それは、我々も同じです。

しかし……そんな無理をしていれば、いつかは……。

「がんばっているのはわかる！　しかしだ！　これではヒーラー協会の面子が！」

そう言って、拳を震わせているのはサブギルドマスターの、スラスト・ティーチ。

非常に優秀な男ですが……少々、頭の固いところがあるのが難点です。

「そうですね。私もそれとなく言ってみました」

意外そうな顔で私を見るスラストさん。

「おまえがそんなことを言うとはな？　ヒュース」

「これでも、ここに勤めて長いですからね。こだわるくらいの、プライドはありますよ？　スラスト先輩？」

「こいつめ」と言って苦笑いをするスラストさん。ええ……わかっています。

あなたが、どれほどこのヒーラー協会を愛しているか、どれほど苦労して、このヒーラー協会を守ってきたのかを……私達はずっと見てきました。

私は、ふぅ……とため息を吐き、エルティナ様の返事をありのままにスラストさんに伝えました。

「そうか。だったら教えてくれ！　面子で命を救う方法を！　それができるなら、いくらでも面子ってやつを、保ってやんよ!?　なぁ？　頼むよ！　ヒュースさん！」

……圧倒されました。そして、私は自分の愚かさを知りました。

「……そうだろうな。いや、わかっていたんだ。わかっていたんだよ……」

眉間を摘まみ、硬く目を閉じてスラストさんは言いました。

ええ……私もわかってて、言いました。

あなたは面子、プライドを重視しても……所詮は、どこまで行っても『ヒーラー』なのだと。

「だれかに、言って欲しかったんだよ……おまえはバカかってな？」

「ええ、本当に……バカですね？　私達は……」

もう、迷うことも疑うこともないでしょう。私達は付いていきます……。

私達よりも、バカな『ヒーラー』に……。

◆◆◆

「いよいよ……決戦ですね。デルケット様」

「あぁ……これで、ラングステンの……いや、カーンテヒルの命運が決まる」

難しい表情を崩さないデルケット様。顔には疲労が溜まっていた。

「申し訳ありません……我々が不甲斐無いせいで、デルケット様達に相当な負担を……」

我々は、戦場から戻る兵士や冒険者達にかかりきりで、市民の皆様を治療できずにいました。

そこで、デルケット様は『ヒール』の使えるマイアス教徒を引き連れ、町中を駆けずり回っていらっしゃいました。しかも自ら先頭に立って……。

「いや、なんのこれしき！　この程度のこと、やり遂げなくては、エルちゃ……ゴホン！　……エルティナ様に、申し訳が立たぬ故」

……今、聖女様を『エルちゃん』と言いませんでしたか？

「デルケット様……？」

「レイエン。今のことは、内密に」

……やっぱり、言ってたんですね。私も我慢しているのに……。

「いつか……『エルちゃん』と言える日が来ますよ。デルケット様」

私とデルケット様は、固い握手を交わしました。

その日から、私達の奇妙な友情が始まったのです……。

◆◆◆

「大丈夫かねぇ？　あの子……無茶してるっていうじゃない？」

「えぇ……でも、今まで一度も倒れてないんですし、今回も乗り越えてくれますって！　大丈夫ですよっ！　ミランダさん！」

私の言葉に、元気良く答えるペペローナ。

普段はヒーラーや冒険者で賑わうヒーラー協会の食堂も、現在は決戦に備えて、ヒーラー達の臨時休憩所に変貌しつつある。

「ここの休憩室狭いですからね～？　あれほど広くしてくれって言ったのに、聞いてくれないから、食堂まで使うはめになるんですよ～」

と、文句を言いつつ包帯が入った箱を運ぶ。でも、それは仕方のないことだと思う。

「こんなに疲れ果てて倒れる人が出るなんて、想定してなかったんでしょうね……」

私は椅子を壁際に運び、広くなった食堂を見渡した。

いつもなら……沢山のお客で賑わっている時間だ。お腹を空かせたあの子が元気良く「オムライス！」と言って、席でソワソワしながら待ちわびている……はずの時間帯。

「……ちゃんと、ご飯食べてるかしら……？」

生きて産まれていれば……あの子と、同じ歳。違うと、わかっていても……重ねてしまう。

私はかつて、お腹に子供がいた。

愛する夫との間にできた……大切な命。でも……私は失った、愛する夫を、大切な子供を……。

あの日、いつもどおり「行ってくる」と言って出かけた夫……彼は冒険者だった。

それから、いつもどおり……夫が戻ってくるまでお腹の子と、夫の帰りを待ちながら、生まれてくる子のために、小さな靴下を編む日々。

でも、ある日……突然の悲報。

「ミランダさん！　ゼファーのやつが……!!」

夫の親友のアルフォンスさんが、息を切らせて駆け込んできた。

「そ……そんな!?」

あの人が死んだと聞かされて私はショックのあまり倒れてしまい……その時にお腹をぶつけてしまったのか流産してしまった。

後を追って、死のうとしたけど……できなかった。

私は体が大きいだけの、弱い女だったのだ。……何日も無気力な日々を送った。

アルフォンスさんがよく励ましに来てくれたけど、私に気力が戻ることはなかった。

そんなある日、昔働いていた食堂の女将さんから仕事を紹介された。

何でも、ヒーラー協会の食堂が、人手不足で困っているらしい……と。

「でも……私は……」

「こんなところで腐ってるくらいなら、働いて人様の役に立ちな！」

と、無理やりここに連れて来られたのが始まり……。

私の新しい、人生のはじまり。

暫くは、忙しい毎日。でも次第に慣れ始め……余裕ができてきた。

やがて、私は先輩になり、後輩ができた。そして、一年も経った頃……私は、ここを任されるようになった。


「……降り出してきたねぇ。雨は……嫌いだよ」

あの時も……酷い雨だった。だから雨は嫌いだ……。

そんなことを思い出して憂鬱になっていた時……バタバタと勢いよく駆け込んでくる小さな姿を確認した。

「ぬわ〜ん！　お腹空いた〜！　何か食べる物ない？」

その小さな姿は、ここの聖女に祭り上げられたエルティナという少女だった。

そう、私の生まれてくるはずだった子と、同じぐらいの歳の少女だ。

「あらあら、まだ食べてなかったのかい？　すぐ作るから、少し待っててね？」

そう言って、私は厨房に向かう。

作るのは、この子が「大好き！」と言ってくれた『オムライス』だ。

「はやくっ、はやくっ」

短い手足を、パタパタ動かして急かすエルティィナ。

「もう少し待っててね～？」

と言って手早くオムライスを完成させる。……いつもどおりのやり取りだ。

できあがったオムライスを、エルティィナの元に運ぶ。それに気付いたエルティィナが、目をキラキラさせて待ち構えていた。

「はいよ、おまちどうさま！」

「ふぉぉぉぉ……！　これこれ！　いただきます!!」

ガツガツと、美味しそうにオムライスを食べるエルティィナ。この子は、本当に美味しそうにご飯を食べる。よっぽど食べるのが好きなんだろう。

「はむ、はむ！　んくんく……ごくん！」

「うまぁい！」と、スプーンを掲げて大喜びする。

「いつもどおりの、オムライスだよ？」

「いつもどおり、だから美味いんだ！」

……そうだね？　本当に……いつもどおりが、いつもどおりの毎日が、一番いいんだよね？

「ごちそうさまでした！　げふぅ！」

「はい、おそまつさま。綺麗に食べたねぇ？」

私はエルティナの口に付いた、ケチャップを拭いてあげる。目を細めてされるがままのエルティナ。

「あはは～こうして見ると、聖女様もただの子供ですね～？」

「否定はしない」

ペペローナにほっぺをふにふにされている姿は、歳の離れた姉に弄られている妹といった感じだった。

「それで～？　準備の方はどうなんですか？」

「ん～ぼちぼちってところかな？　まだ心許ないけど……まぁ、もう一仕事してくっか！」

そう言って、元気に食堂を飛び出していったエルティナ。……あ、転んだ。

「ふきゅん！」と鳴き声が聞こえたが、すぐに立ち上がりまた走っていった。

「元気の塊のような子だよ……本当に」

「あはは！　わかります～」

私達は再び、作業を始める。作戦当日には、ここもヒーラー達の休む場所になる。

できることなら……あの子がここに運ばれて来ませんように……。

◆◆◆

「足りん……足りんぞぉ～！　人手が足りん!!」

俺は焦っていた。ヒーラの増員は望めないとして……応急処置できる人員が圧倒的に不足しているのだ。応急処置さえできれば生存率は遥かに上がる。

「このままヒーラー協会で、指示だけ出すってのも限界だな」

そう、俺の活動範囲はヒーラー協会内部のみである。

俺がまだ幼いので、一人で外に出てはいけない……と、スラストさんにきつく言われているのだ。

「しかし……な……」

このまま、作戦の日を迎えれば……おそらく多くの死人を出してしまう可能性が高い。

それではダメなのだ！　俺達ががんばって死人を出さないようにしなくては、作戦は成功しない！

最悪……タカアキ達が……！

「エレノアさんが……死んじゃう!?」

俺の覚悟は決まった。

間違いなくスラストさんにお仕置きされるだろうが……一向に構わん！

「正面玄関は……無理か。ヒュースさんがいる」

よし……ならば自室の窓から、裏の空き地を抜けて行こう。

俺は急ぎ自室へと向かった。ばたばたばた……。

「にゃ～？」

ドアを開けて部屋に入った俺を出迎えたのは野良にゃんこだった。ベッドの上でお昼寝中だったらしい。起こしてごめんよ。

「だれか来たら……俺は留守だと言っておいてくれっ」

「ふにゃん？」

首を傾げる野良にゃんこを残し、俺は窓から外へと飛び出した！

「へぶしっ⁉」

着地に失敗して顔面から落ちた。……いたひ。

『ヒール』で治療して、早速……移動開始だ！　ちょっとワクワクしてきた！

これが冒険ってやつか⁉

「問題はどこに行くか、だが……？」

適当でいいか！　なんとかなるさ！　いけいけ！　ご～ご～‼


「迷った……しくしく」

いっきなり迷子になった。……どうしたものか？　しかもここ、なんかスラム街っぽいし……なんというか、きちゃない。

ゴミやら何やらが散乱しているし、嫌な臭いがする。お片付けしたくなる。

「……ここに何の用？」

唐突に声をかけられた。声の主は少女だった。俺と年頃は変わらないだろうか？

薄汚れた銀色の髪は腰まで伸びている。同じく汚れている顔。

しかしよく見ると、とても器量が良い顔立ちだ。しかし、注目すべきところは……長い耳と、褐

色の肌！　この子は黒エルフの子供だったのだ！（歓喜）

初めて黒エルフを見た！　感動した！　ひゃっほう！

おっと！　目的を忘れてはいけない！　とりあえずこの子を勧誘だ！

「俺はヒーラー協会のヒーラー、エルティナだ。今、ヒーラー協会の治療所で治療の手伝いをしてくれるやつを探しているんだ！」

「ふぅん……それで？」

なんか……冷めた目で見られてるな？　まぁ、初対面だし仕方ないが……。

「君！　手伝ってはくれまいか？」

俺は単刀直入に言った。

「なら……あんたのあり金……全部頂戴。くれるなら手伝ってあげる」

「よっしゃ！　持ってけ！」

俺は『フリースペース』から、うさぎちゃんの財布を取り出し渡した。

「……あんたバカ？　普通そんなこと言われて渡す？」

「普通じゃない事態が起こるから渡した。今は一人でも多くの人手が要るんだ」

俺は少女を真っ直ぐ見つめた。

少女は「はぁ……」とため息を吐いて、うさぎちゃんの財布を返してきた。

「正真正銘のバカね……いいわ、手伝ってあげる」

「本当か！　ありがとう!!」

「ただし」と言って、少女は俺を見つめる。

「あんたが本当にヒーラーなら……助けて欲しい人がいる」

「助けて欲しい人？」

少女は頷き、事情を説明した。

「助けて欲しいのは……私の姉さん。冒険者として活躍してたんだけど、ある日……大けがして帰ってきたの。ヒーラーに治してもらえって言ってるのに、行かなかったから……けがをした右足が腐ってきて……」

なるほど……それを治せば、手伝ってくれるというわけだな？

「よしきた！　任せておけ！」

俺はドン！　と胸を叩き……むせた。げほげほっ！

「本当!?　……ありがとう。私はヒュリティア、姉さんのところへ案内するわ」

「よろしく、ひゅるりら」

「ヒュ・リ・ティ・ア……よ」

と丁寧に教えてくれたが……さーせん。上手く言えません。なので……。

「わかった！　案内よろしく！　ヒーちゃん！」

ヒーちゃんと呼ぶことにした！　これなら言えるぜっ！

「ヒーちゃん……まぁいいわ。こっちよ？」

俺の手を握って案内してくれるヒュリティア。暫く歩くと、一軒のぼろ屋が見えてきた。

「ただいま。フォリティア姉さん、ヒーラーを連れてきたわ。足を治療しましょう？」

ぼろ屋の中には、ござに横たわる黒エルフの女性がいた。

彼女がヒュリティアの姉だろう。年の頃は……十六くらいか？

姉妹だけあって、よく似ていた。

「ヒュリティア……このけがは、もう治らないんだよ。そもそもお金がないんだ。すまないねヒーラーさん……せっかく来てくれたのに」

俺はそんな台詞よりも、彼女に施された応急処置のレベルの高さに驚いていた。

すげぇ！　これなら……いけるぜ！

「随分と小さなヒーラーさんだね？　子供かい？」

「子供で間違いないが……腕には自信がある」

と言って足の包帯を解いていく。べりべり……くちゃい！

「腐ってやがる……遅過ぎたんだ」

「だから言ったろ？　もう治らないって。さ、早くお帰り。夜になったら、ここは危ないよ？」

だが断る！　この足を治して……俺はヒュリティアを、手に入れるぞぉぉぉおっ！

俺は問答無用で『ヒール』を施した！　みるみる再生していく右足！　腐っていてもまったく問題なかった！　流石『ヒール』だぜ！

「え!?　……うそ？　足が治った!?」

「どやぁ……」

俺の渾身のドヤ顔である。一方……黒エルフの姉妹はキョトンとしていた。

「本当……綺麗に治ってる。凄いわ……エルティナ」

「動くわ……本当に嘘みたい。……でも、お金は本当にないのよ？」

申し訳なさそうに俺を見るフォリティアさん。大丈夫だ問題ない。

「お金はいらん。その代わりに、ヒーちゃんを貰っていく！」

「な⁉　なんですって！　まだ早過ぎるわ⁉　だって二人は、まだ子供でしょう⁉」

「姉さん……勘違いし過ぎよ？」

ヒュリティアが、事情を説明する。どうやら上手く伝わったようだった。

「そういうことだったのね？　てっきり私は、年も性別も超えた愛に目覚めたのかと……」

頭をポリポリかきながら、「あはは」と笑って誤魔化すフォリティアさん。

「そういうわけで、ヒーちゃんは貰っていくぞ！」

「ええ、どうぞ～！　ヒュリティア……しっかり働いてきなさいな！」

「調子いいわね……わかったわ。よろしくエルティナ」

俺はガッツポーズをとった！　よっしゃ！　貴重な戦力をゲットだぜ！

「よろしく！　ヒーちゃん‼」

俺とヒュリティアは握手を交わした。

「他の子達も誘ってみるわ。皆、応急処置を心得ている子ばかりよ」

「マジで⁉」

うひょう！　運が回ってきやがったぜ！　これでなんとかなるといいな！

その後……ヒュリティアにヒーラー協会までの道を訊いて、なんとか辿り着く。

既に日は暮れかけていた……。

「どこへ行っていた？　エルティナ」

ヒーラー協会の入り口には……すっげー形相のスラストさんがいた。こわひ……。

「ちちち……ちょっと、そこまで……」

「…………」

無言の圧力……!!　マジ半端ねぇ！　そして……。

ごちんっ！

スラストさんのげんこつが、俺の頭に落ちた。

「ふきゅ～～～～～～～～～～～ん！」

「まったく……ほら！　いくぞ！　皆が、おまえを探して大騒ぎだったんだぞ！」

「え……!?」

首根っこを持ち上げられて、俺はヒーラー協会に連行された。

迂闊だった！　せめてペペローナさん辺りに言っておけばよかったのだ。

皆にいらん心配をかけてしまった。

「エルティナ！　どこに行っていたの!?　心配したんだよ!?」

目に涙を浮かべて俺を抱きしめるミランダさん。うごごご……凄い罪悪感が!!

「エルティナ様！　いったいどこへ行っていたのですか⁉　皆、心配で心配で……」

「聖女様がいないと、わし等も気が気でねぇでさぁ！」

うぐぐ……俺の行動は間違っていたのか⁉　こんなに心配をかけてまで、外に出る必要はあったのか？　でも、でも……いや、今はそんなこと……どうでもいい！

「……ごめんなさい」

俺は素直に謝った。その後……スラストさんに、一時間ほど説教されて釈放された。

次の日……二十人ほどの子供を引き連れたヒュリティアを見て、驚く皆の姿があった。

俺の苦労が報われた瞬間であった。やったぜ。

夕食　決戦　フィリミシアのヒーラー達

「作戦が決行されました！」……という報が伝わったのは、五日後の午前四時。

俺は既に起きて、スタンバッていた。

もちろん、ヒーラーや臨時のスタッフや、ヒュリティア率いる応急処置のできるガキンチョ部隊も臨戦態勢だ。

若手ヒーラー達の表情は硬い。無理もない……今日の治療は今までの比ではないだろう。ぶっちゃけ俺もビビってる。ガタガタ、ブルブル。

それに比べて、ベテラン勢のどっしりとした物腰！　頼りにしてます！

「……作戦が開始された！　暫く経てば負傷者が押し寄せてくる！　各部署で連携して対処してくれ！　連携が乱れここが崩壊すれば、最悪、作戦は失敗する！　各々、奮起してくれ！　頼むぞ!!」

おうっ!!　と気合の入った声。今……まさに、決戦の火蓋は切られた。

「勝っても……負けても負傷者達はここに来る。……正念場だな」

「そうですね」とイケメン……いやレイエン・ガリオ・エクシードが言った。

彼も、持病を抱えてるにもかかわらず、この治療に参戦してくれた。

病名は魔力多消費症。

普通の人より十倍近く魔力を消費してしまう奇病だ。先天性の病気なので、魔法では治らない。

「いいんですよ？　管理が得意なので、ここに収まってますが……これでもヒーラーの端くれ。少しでもお役に立ちたいのです……生きてる間は……」

……今更気付いたが、最初に会った時よりも……やせ細っている。

すまん！　それでも俺は……レイエンさんを頼らせてもらう！

「頼むよ。皆をまとめて欲しい。」

「お任せを」

そして、大勢の負傷者が大挙して押し寄せてきた。

ここに……俺達の戦争が始まったのだ!!


どうも、聖女です。

あなたのけがに……届けヒール。

午前四時三十分、戦闘開始。

負傷者の数は過去最大級である。間違いない。

最初の十分で長蛇の列。流石に百戦錬磨のヒーラー達の顔が引き攣った。

これ、なんとかなるか……もうわっかんね～な!!　あはははは!!

現在、治療所だけでは負傷者が収まらず、野外でも治療を施している。

俺達も万全を期して事に臨んだが……予想を遥かに超えた事態になった。

治療して送り出して、すぐ戻ってくるやつがいる。これには流石に顔も憶えてしまう。

「ま〜た〜お〜ま〜え〜か〜!!」

「へへへ……」と、頭をポリポリしながら、すまなそうに笑う若い兵士。

余裕そうに見えるが、両足が切断されている。この前は両腕が、その前は全身複雑骨折だった。

「もう少し、どうにかならんのか!?」

と怒りつつもヒールで両足を再生させる。

しかし、兵士は「どうにもなりませんね」と言った。

現在、タカアキと魔王が一騎打ちしているらしい。その邪魔をしようとする魔族達を、体を張って守ってるのが彼等だ。文字どおり肉壁である。

「これが我々にできる……唯一のことです。腑甲斐無いですが、勇者様の背中……我々で守ってみせます！」

ちくしょう……何も言えなくなるじゃねぇか！

その兵士に『漢』を見た俺は「死んで戻ってくんじゃねぇぞ!?」と、背中をスパーン！　と叩いて送り出した。


午前十時。

遂にリタイヤが出た。

ビビッドとティファ姉である。

……早過ぎる⁉　予想以上の疲労具合だ‼

「デイモンド爺さん！　カバーは⁉」

「ジェームスを回しますぁ！　頼む！」

おう！　と、マッチョ爺さんジェームスが、ティファ姉達の抜けた穴をカバー。

復帰までだいたい……一時間はかかる。いや、これだと一時間で済むかどうか……？

実は俺も、既にワイドヒールを使っている。

応急処置をして時間稼ぎをしてはいるが、重傷者は時間との戦いだ。

俺はそういったやつ等を専門に治療している。

「レイエンさん！　無茶するな！　顔青いぞ⁉」

「……だ、大丈夫です！　引き際は……わきまえてます」

レイエンさんも、かなりきつそうだ。腕は良いのに持病がネックになっている。

魔力多消費症。無駄に魔力を消費してしまう先天性の病気。

管理能力の高さを買われ、ギルドマスターに収まっているが、本人は不満なんだそうな。

けがを治してなんぼだからな、ヒーラーってやつは。

「くそ……持つのかよ……？」と、だれかが言った。

それは……この場にいたヒーラー達全員が危惧することであった。


午後一時。

復帰したビビッドとティファ姉。

入れ替わりでレイエンさんとジェームス爺さんが離脱。しかも、ヒルダ婆さんも倒れた。

復帰した人数よりも離脱人数が多い⁉　ま～ず～い～ぞ～‼

「もっと、こっちに回せ！　デイモンド爺さん！　ガキンチョ部隊の応急処置急がせて！」

「聖女様ぁ！　無茶だぁ！　死んじまいまさぁ⁉」

デイモンド爺さんは、俺を心配してくれているが……もうそんなこと、気にしてる場合じゃないぞ！　全力全開で『ヒール』だ！

速度を上げろ！　効率を上げろ！　命を救え！　まだまだ、できることがあるはずだ！

「ぬあぁぁぁっ‼　『ヒール』！　『ヒール』‼」

負傷者の増加に、治療が追い付かない！　何か方法はないか⁉

このままじゃ、総崩れになっちまう！

「エルティナ！　ペースを乱すな⁉　死にたいのか！」

と言って、俺を叱るスラストさん。

「でも！　このままじゃ……間に合わねぇんだ！」

ゴンッ！　と頭に衝撃が来た。これは、げんこつの痛み！

「まったく！　おまえのそういうところが、皆を心配させるんだ！　一人で抱え込むな！　おまえに何かあったら……皆、悲しむ。……俺もな」

最後は声が小さくなって、聞き取れなかったが……。

俺はげんこつで熱を持った頭を擦った。ちょっとコブができていて痛い。

でも……お陰で目が覚めた。

「目が覚めたよ。……ありがとう」

俺も、最後の言葉は小さくなった。

「ふん」と言って、再び自分の持ち場に帰るスラストさん。

「許してやってください。彼なりの優しさです」

ヒュースさんが、スラストさんのやったことを弁護する。

「不器用な堅物なんですよ……彼は」

「知ってる、だから俺は……」

俺はスラストさんの、そういうところが苦手で……でも、愛すべき先輩なんだなと思う。

「少し気を付けないとな……」

また、げんこつは勘弁願いたいからな。ずきずき。


午後二時。

ヒルダ婆ちゃんとジェームス爺さんが復帰。スラストさんとティファ姉が休憩に行った。

レイエンさんは復帰に時間がかかりそうだ。……無理させてすまん。

俺はサンドイッチ片手に『ヒール』を施していた。

「はむっ！　もぐもぐ！　『ヒール』！　ぱふっ！　もぐもぐ……『ひーにゅ』！」

「食べ終わってからで、いいのでは？」

と、腕がもげている冒険者に言われたが……時間が惜しいんじゃ！　これでもきちんと治るから心配すんな！　もぐもぐ！　ごっくん！

「はむっ！　『ヒール』！　はむっ！　『いたっ⁉』『ヒール』⁉」

やっべ！　間違えて冒険者の指をかじってしまった。ごめんよう⁉

「少し、休憩を取ってください……エルティナ様」

「でも……」

ルレイ兄が心配そうに、顔を覗き込んできた。きゃっ！　はずかちぃ‼

「やはり……少し顔色が悪いですよ？」

「そ……そうかな？　俺は全然平気なんだが？」

今まで顔色悪いって、言われたことなかったのになぁ？

「……ディレジュ⁉　しっかりして‼」

若手ヒーラーのディレ姉が、ぶっ倒れてしまったようだ。休憩は、なしだな！

「ディレ姉の患者をこっちに！　ルレイ兄！　俺はまだまだいける！　心配するな！」

まだまだ来る……負傷者達。いつ終わるともわからない状況に、俺達ヒーラーは消耗する一方だった。

午後三時

「聖女様ぁ！　エミールが、ぶっ倒れちまったぁ!!」

デイモンド爺さんの報告。

ん？　少し疲れてるのか？　デイモンド爺さんの声が小さいな？

目も少し霞む……だが、この程度……どういうことはない！

「カ……カバー…………」

グラリ……と、体が傾く。

な……!?　なんだ!?

視界が暗くなる、意識が朦朧とする。体が……言うことを聞かない!?

ま……まさか、魔力が限界なのか!?　まだ倒れるわけには……。

ええい！　動け！　動け……!!　うごけ……。

◆◆◆

わしが聖女様に、エミールが離脱したことを伝えた時……それは起こった。

今まで倒れたことがなかった聖女様が、意識を失って倒れおった！　悲鳴を上げるティファニー。

負傷者達も動揺しておる！

「エ……エルティナッ!?」

スラストが、聖女様を抱き上げ状態を確認する。

「魔力枯渇か……！　くそっ！　あれほど無茶はするなと……！　おまえが死んだら、悲しむやつが大勢いるんだぞ⁉」

　スラストはビビッドを呼び寄せた。

「ビビッド！　エルティナを、ミランダさんの元へ運べ！　何をしている⁉　急げ！　ヒュース！　若手をまとめてくれ！」

　青白い顔で聖女様を抱え上げ、食堂に向かうビビッド。

　すぐさま、聖女様のカバーに入るスラストじゃが……思ったように治療できてはいない。当然じゃろうな……スラストもランクSじゃが、聖女様の『ヒール』は次元が違う。

「そ……そんな……あのエルティナ様が⁉」

　突然のことに騒然となる治療所。

「狼狽えるんじゃゃねぇっ！　聖女様は大丈夫だぁ‼　それよりも、聖女様が戻ってくるまで……ここを維持するんじゃぁ‼」

　この状態を危惧していた聖女様は、予め……わしに『もしもの時』は頼む……と言ってくださった。わしも、残ったヒーラーをまとめ上げる。

　ここが正念場じゃ。

「わしのヒーラー人生、全てを賭けて持ち堪えてみせまさぁ……」

　周りを見れば、同世代のヒーラー達が、わしの元に集結していた。わしの……いや、わし達……老いぼれの、最後の戦いが始まろうとしていた。

　聖女様が戻るまでのこの時間……絶対に死者を出したりはせんっ‼

◆◆◆

「や、やっぱり無茶してたんだ!!!」

はあ、はあ、と吐く自分の息が異常に大きく聞こえる。

今……僕はエルティナ様を抱え、食堂のミランダさんの元へ向かっている。

「こ、こんなに小さいのに無理して……！」

ビビッド・マクシフォード、それが僕の名だ。ヒーラーになって五年経つ。

「情けないっ！　大人の僕等が……こんな小さな子に頼りっきりだなんて！」

僕が十五歳の時、素質が一番高かった治癒魔法に活路を見出し、ヒーラーになった。

それから、五年間……なんとか露店治療で食いつないできた。贅沢はできなかったが、特に不自由もなく生活できてはいた。

そこに魔族との戦争が起きた。そして、ヒーラー生活にも変化が起きた。

負傷した兵士が治療を求め、ヒーラーギルドの治療施設は、かつてないほどの負傷者で埋め尽くされた。僕も人手不足を補うために、駆り出された。

そこで初めて……人を死なせてしまった。間に合わなかった。ヒールの治療速度が遅かったためだ。

その死なせてしまった人の仲間から向けられた目が……今も忘れられない。何故、助けてくれなかった？　という……憎しみとも侮蔑ともつかない目……。

これまでは精々……擦り傷や裂傷程度の治療しかせず、日々の生活費を露店治療で稼いでる程度。

それでは、練度が上がるはずもなく……。

それ以来……後悔と償いの日々。

命の重さを軽く見ていた罰……なのだろうと、自分を責め生活が荒れ始めていた。

そんな折に現れた小さな聖女様。治癒魔法の素質がSで、しかも白エルフ！

瞬く間に中級治癒魔法を習得し、上級魔法も数日でマスターしたとか。

「やっぱり才能なのか……？」

自分より小さな子供に、あっと言う間に追い抜かれ……益々情けなくなる。

夜遅く……僕がトボトボと、エルティナ様の部屋を通り過ぎようとした時、部屋に明かりがまだついていたので、消し忘れて寝てしまったのかな？　と、コッソリ部屋の中を覗いた。

そして、見てしまった。その日の魔法の勉強が終わったにもかかわらず、自室で治癒魔法の研鑽をしているエルティナ様を……！

しかも……一日だけではない、毎日……毎日だ！

素質の塊であり、膨大な魔力量を誇るエルティナ様が、努力を惜しまない!!

僕は衝撃を受けた。そして自分が……恥ずかしくなった。こんな小さな子が、こっそり努力しているというのに……自分は何をしているのだ？　と……。

それ以来、努力を重ねてきた。

短い期間だったけど、エルティナ様や若手の仲間と活動して、実力が付いてきたと思う。

ランクもDからBに上がった。まあ、その間は地獄だったけど……。

何度、倒れたかわからない。本当によく生きてたものだ。

エルティナ様は一度も倒れなかったけど……それはそうだと思った。僕達人間と白エルフの魔力量を一緒にしてはいけないんだ。基本が違うんだ……と。

でも、そのエルティナ様が倒れた。

今までも無茶してるな……とは感じていたけど、笑って「大丈夫だ」って言ってた。

皆、その笑顔で励まされた。

「はあっ、はあっ……こんな……!!」

こんな小さな体で！　無茶をして！　苦しいのを笑顔で誤魔化して……!!

目が滲む。情けない、大の大人が……!!

ようやく、食堂に到着する。普段は大した距離に感じないのに……今日は凄く遠くに感じた！

……くそっ！　くそっ!!

驚き慌てるミランダさん。肝の据わった彼女の狼狽える姿は滅多にない。

「ミランダさん！　どこか横になれる場所は!?」

ミランダさんは我に返り、急ぎ安静にできる場所に誘導してくれた。

そこに、ゆっくりと慎重にエルティナ様を横たえた。

「エルティナ様を、お願いします！」

エルティナ様を、ミランダさんにお願いし……僕は駆け出す。

今……僕ができることを成すために。エルティナ様が戻るまで、僕が……僕達ががんばらないと!!

◆◆◆

……暗い……寒い……気持ち悪い。


なんだこれ？　初めてだ。今まで、こんなことなかった。

俺は今どうなってる？　感覚がない。何も聞こえない。何も見えない。

負傷者達が待ってるんだ！　こんなところで油売ってるわけにはいかん！

動け！　動け体!!　何故動かん!?


暗い、寒い、気持ち悪い。


くそっ！　こんなことしてる場合じゃ……!!

しかし、状況は変わらず……依然として全感覚がないままだ。

未だ経験したことがない倦怠感。俺の頭の片隅に、諦めちゃいなよという声が聞こえ始める。だれが諦めるかっ！


暗い！　寒い！　気持ち悪い!!

ええい！　止めろ！　俺を惑わすな！　俺は諦めんぞ!!
しかしそれは虚勢だったのだろう。
俺はどこかで「こんなの無理!!」と、思っていたに違いない。
なんだ結局、いつもの中途半端な俺じゃないか……と、諦め始める。
そうだ、向こうにいた頃から俺は、妥協と中途半端な生活しかしていない。
自分が困らなければ、どうでもいい。自分が満足すれば、中途半端でも放り出す。
そんなやつだったじゃないか。

嫌だ！　諦めたくない!!　だれか……だれか……!!

無駄だよ……だれも来ないさ。
今までも、これからも………向こうにいた時からわかってただろう？
結局……自分が良ければ、他人なんてどうでもいいって。
自分がそうだったじゃないか？　今更……どうすんだよ!?

『諦めたら、そこで終わりだよ？』

え……？

闇の世界が輝き始めた。

かつてないほどの力が満ちる。闇は払われ、寒さはなくなり、気分は爽快だ。

そして闇の世界は光に満ちた。


『さぁ……目覚めなさい。あなたを待ってる人達がいるよ？』


俺は知っている。この光を、この暖かさを、この優しさを！

俺は光を抱きしめ、意識が目覚めるのを感じた……。

行こう……俺を待ってる人達のところへ！

振り返れば昔の俺が……男であった頃の俺が手を振り「がんばれよ」と言った。

アレは俺だ、かつての俺だ……!! 昔の俺……全身が傷で埋め尽くされた……傷だらけの俺。そして手には……桃を持っていた。間違いなく……あの頃の俺だ！

「ああ！　行ってくる!!」

俺は、かつての俺に別れを告げ……今の俺を待っている人達の元へ向かった。

待ってろ！　今行くぞ!!

俺は今……本当の意味で、この世界に生まれたような気がした……。

もう、中途半端はなしだ！　最後まで……全力で行くぜ!!

白き可能性の珍獣。その挑戦が始まった……!!

あれ？　ここ……どこ？　俺は……珍獣。ふきゅん！

俺は目が覚めた。何か夢を見ていたみたいだが……。

悪い夢だったような……良い夢だったような……思い出せん。

体を起こす。少しクラっとしたが、許容範囲だ問題ない。

……と、視界に飛び込むド迫力のおっぱい。ミランダさんの豊か過ぎる胸だった。

ボフッ！　と俺の顔が埋もれる。

ちょっと！　苦しい!!　息ができん!!

顔を上げ、おっぱいから脱出する。そこには、大粒の涙を流すミランダさんの顔。

うわぁ……やばい、これはヤバイ。こんなに心配させてしまったのか。

「よかった……気が付いてよかった！　体温は下がってるし、呼吸も不安定だったのよ!?　こんな無茶してたら死んでしまうわ!!」

俺をギュッと抱きしめる。その体は震えていた。

まさか俺が運ばれてくるとは、思ってなかったんだろうな。俺も想定外だったし、倒れちゃいけなかったんだし……あ……やべっ!?　急いで戻らなきゃ!!

「ミランダさん、俺戻らなきゃ……」

俺がそう言うと、ギョッとした表情で「死にかけたのよ!?」と言うが……。

「死にかけて、ここを頼ってくるやつ等がいる」と返す。

何も言えなくなったミランダさんに『桃先生』を出してと頼む。

自分で創れるが……そこは甘えてしまっても構わんだろう。

はぁ……と、ため息を吐いたミランダさん。冷蔵庫型のフリースペースから桃先生を取り出し、食べやすいように切ってくれた。

「ありがとう、ごめんなミランダさん」

シャクッと、食べやすく切られた桃先生をほお張る。甘い果汁が、死にかけた体を優しく包み込む。

あの森でこの力に気付かなければ、今の俺はなかっただろう。桃先生には助けられてばっかりだ。

一口、一口食べる度に、魔力や気力が回復してくる気がする。食べ終わる頃には、なんとかやれる程度には回復した。

死にかけて、超絶パワーに目覚めるなんてなかった！（震え声）

「行ってきます……ミランダさん」

「無茶したらダメよ？　あなたはどこか……死んだ亭主に似てるわ。あの人も……今のあなたみたいに笑って」

帰ってこなかった。と、最後は消え入るような声で言った。

「……俺は必ずここに帰ってくるから、待ってて！」

そう言い、俺は皆の待つヒーラーの戦場に駆け出した。

……途中で転けたのは内緒な!!　ふきゅん！

◆◆◆

「はぁ……持ち堪えて！　はぁ……重傷者優先!!　はぁ、はぁっ……」

限界だぁ!!　聖女様が倒れて、精神的に参ってるやつが多過ぎじゃ!!

「レイエン！　無茶だぁ！　もう休め!!　死んじまうぞぃ!?」

わしはヒーラー協会のギルドマスター、レイエン・ガリオ・エクシードに休むよう指示するが……。

「聖女様が……戻るまでは……はぁ、はぁ……持ち堪えませんと……！」

自分はギルドマスターですからね、と……。

「バカ野郎!!　若いやつが、わし達より早く死ねると思うんじゃねぇっ！　スラスト！　そこの阿呆を引きずり出せぃ!!」

「……わかりましたデイモンド先輩。ほら、行くぞレイエン」

もう、死にかけてるのに何言ってるんじゃ！　最初にくたばるのは、わしら老いぼれの仕事じゃて。こればっかりは、譲るわけにはいかねぇのさぁ!!

スラストに引きずられ、退場するレイエンを見送り、いよいよ覚悟を決める。

「ここからは、わしら老いぼれの独壇場じゃぞ？　気張っていこうじゃねぇか!?」

ははは……！　と笑う頼もしき老いぼれ達。老体晒して、生きた甲斐があったってわけだ。

こんなにも……血潮がたぎる！

「聖女様よぉ……！　わし等に、力を‼　やるぞ！　おめぇ等っ‼」

「おう‼」と、老齢のヒーラー達の声が響く。

最後の仕事だ、有終の美ってやつを飾ろうじゃねぇか……‼

◆◆◆

「済まない‼　待たせた‼」

俺は戦場に復帰した。

そこにはいまだ増え続ける負傷者達と……倒れたデイモンド爺さんの姿。

「せ……いじょ……さま……」

俺は爺さんの傍まで駆け寄り、差し出された手を握る。……これは、マズイ‼　魔力がないじゃないか⁉　……なんて無茶を⁉

「へへっ……役目は……果たしました……ぜ」

ざ……ざっけんな‼　そんな無茶して……‼

そんな、悔いはないって顔で……安らかに死のうとするなんて……ゆ……る……さ……ん……‼

よって、全力で阻止だっ！

「え～っと……女神マイアスよ！　切なる願いを聞き入れたまえ‼　慈悲と希望を我等に！『魔力変換』‼　チャージ‼　そおぉぉぉいっ‼」

俺の魔力を爺さんに適した魔力に変え補給する。適してないと、拒絶反応が起こってエライことになるからだ。血液と一緒だな！

でもって中二病的な呪文は、無詠唱化が中途半端だったからだ。

最近、忙しくてそれどころじゃなかったんだよ!!

デイモンド爺さんの体に魔力が満ちる。容態は安定したが、デイモンド爺さんは……ここでリタイアだ。よくやってくれたよ。マジで感謝だ。

不甲斐無い俺のために、ここまでしてくれるなんて。

「ありがとう……デイモンド爺さん。あとは……任せてくれ!!」

失った魔力を、その場で創った桃先生で急速チャージ！　皆、突然創られた桃先生に驚いていたが、最早気にしてられん。なりふりなんて構ってられないんだ。

更に数個創り、若手ヒーラーに渡す。

「やるぞ！　爺さん婆さんが、やってくれたんだ！　若い俺等が、がんばらんと……安心して隠居させてやれんぞ!?」

「ははは！」と、場違いな笑い声。でも若手のヒーラーの気合は最高潮。

「さあ、行こう！　これが俺達の決戦だ!!」

すぐ傍にはティファ姉、ビビッド、ルレイ兄、ディレ姉、エミール姉達、若手ヒーラーが集う。

ベテラン、復帰組は休憩、あるいはリタイア。非ヒーラーの方々も手伝ってくれている。

いつ終わるかもわからない、絶望的な治療活動。でも、皆の心は決して折れなかった。

託す者、託される者。若手ヒーラーは託された、色々なものを……。

限界は当に過ぎている。今ここにいられるのは意地と根性。魔力も気力も不十分。

……でも諦めない。決して諦めない。

……諦めない。

◆◆◆

午後五時三十三分。

「道を開けろっ!!　聖女様っ!!　この方の治療を……!」

「っ!?　フウタッ!?」

俺の前に運ばれてきたのは……なんと、チート戦士フウタだった!

右腕が千切れ、体のあちこちからは、血が溢れていた!

「すみません!　治療を!　早く!」

「お……おうっ!　任せろ!!」

いったい何があったんだ!?　チートの能力をもってしても、魔王に敵わないのか?

「どうしたんだ?　このけがは……?」

俺はどうしても気になったので、フウタに聞いてみた。

「お恥ずかしい。油断してました……あんなところに、ドラゴンが現れるとは予想してませんでした」

「はぁ⁉　ドラゴン⁉」

もう、なんでもありだな⁉　次は巨大ロボットでも出てくるんじゃね？

「追い払いはしましたが……片腕を持って行かれたんですよ」

「無茶するなぁ……よし！　いいぞっ!!」

再生し終わった右手を動かし、具合を確かめるフウタ。

「凄いな……これが『聖女のヒール』か……」

すっごい驚いた顔をしている。チート様でも驚くことがあるのか……？

「助かりました！　これで、タカアキを支えてやることができます！」

「おう！　タカアキに、必ず戻ってこいって……伝えてくれ！」

「わかりました！」と言って、凄い速さで走っていったフウタ。

戦場は、俺達が思った以上に混沌としているようだ。

「エレノアさん……無事だといいな……」

俺には、無事を祈るしかなかった……生きて帰ってきてくれ……と。

◆◆◆

「伝令！　勇者タカアキ様が……魔王を打ち取りました!!」

ぜぇ、ぜぇ……と、息を切らし飛び込んできた伝令兵。

時間は午後七時十八分。

「タカアキ……!! やってくれたか!」

僕達、若手ヒーラーも、エルティナ様とティファニーを残しリタイア。

ベテランヒーラーも、今はヒュースさんだけが一人でがんばっている。

絶望に染まろうとしていた僕達に、希望となる報が届いた。

「……もう一息だ! ビビッド! 休憩に行け! 十五分! 次はティファ姉! その後にヒュースさんだ! はぁ……はぁ……重傷者から並べぇ……!!」

限界来てるのエルティナ様でしょうに!! これではダメだ!!

「エルティナ様から休憩です!!」

「何言って……」

でも僕は……エルティナ様に言った。

「もう……倒れる君を見たくないんだ……頼むから、お兄さんらしいこと……させてくれないかな?」

正直、自分も限界だ。でも僕はこの子より遥かに年上。才能、素質では確かに劣る。判断力も冷静さもこの子が上だろう。それでも、引けないことがある。

ジッと僕の目を見つめていたエルティナ様は、ふっ……と表情を崩して……。

「……わかった、頼むよ、ビビッド……兄ちゃん?」

そう言うと、エルティナ様は食堂に向かった。

……あ、転んだ。「ふきゅん!?」と鳴いたけど……でも直ぐ立ち上がって、また歩き始める……大丈夫なようだった。

兄ちゃん……か。確かにそう言われた気がした。これは死ぬ気でがんばらないとな!!

「格好付け過ぎよ?」

ティファニーにからかわれる。わかってるさ……それくらい。

「しょうがないだろ? お兄ちゃん……なんだから」

へへっと笑い、治療を再開する僕等。

絶望は希望に変わり、僕らに最後の力を授けてくれる。魔王が倒され、あとは重傷者から治療するだけ。命に関わらなければ、日をまたいでもなんとかなる。

「もう一息……もう一息だ!!」

傍らにティファニーが寄り添い、治療をサポートしてくれる。

僕達は、ようやく終わりの見えてきた治療をこなしていった……。

◆◆◆

んん〜〜〜〜っ!! エネルギーまぁぁぁぁぁぁっくす!!

今、俺の魔力は限界を超えて回復した!! ……気がする。

食堂にて桃先生を食べ、十五分ほどミランダさんの胸に抱かれ(重要)睡眠を取った。

今の俺の肌はきっと、ピカピカ輝いてるであろう。

しかし……ビビッドが、あんなことを言うとは思わなんだ。思わず……兄ちゃんと言ってしまったじゃないか!

……兄貴元気かなぁ？　デジャブ。以前も、似たこと言った気がした。

まぁそれはいい。それにしても皆の成長が著しいな。成長してないのは、俺くらいなものだ。がはは……!!　とと……ノンビリしてる場合じゃない！

「ありがとう、ミランダさん！　元気になった！」

俺は満面の笑みで感謝の言葉を告げる。元気よく立ち上がり「行ってきます！」と言い、皆の待つ治療所へと駆け出した。

◆◆◆

長い……長い戦いだった。いつ終わるかわからない戦い。

その戦いが……遂に終わったのだ。

時間は、次の日の午前……五時四十八分。

最後と思われる重傷患者を治療し、長蛇の列は姿を消した。

「お……終わったのか……？」

俺の言葉に、皆が頷く。

命に別状がない者の治療は明日も続くが、重傷者の治療は終わったということだ。

俺は達成感と安堵で、知らず知らず涙を流していた。

「やった……やったぞ！　皆の力で……沢山の命を救えたぞ!!」

わあっ！　と、歓喜の声。

最後まで投げ出さず、諦めず、仲間と力を合わせ乗りきった！

こんなに嬉しいことはない!!

俺はビビッド兄とティファ姉に抱きしめられた。

最後まで残ったヒーラーは、この二人と俺のみ。まさに、ギリギリだった。

この結果は、これまでにがんばった復帰組の爺さん婆さん。

俺達を、縁の下で支え続けてくれたベテランヒーラー。

未熟ながらも、懸命にがんばった若手ヒーラー。

仕事を放り投げて、駆けつけてくれた近所のおじさん、おばさん。

そして、応急処置のできるヒュリティア率いるガキンチョ部隊！

持病を押して参加したギルドマスター。

憎まれ役を買ってでも、俺を叱ってくれたサブギルドマスター。

食堂を休憩所として提供し、疲労したヒーラーを支えてくれたミランダさん。

限界まで魔力を酷使し、今も眠り続けるデイモンド爺さん。

「み……皆のおかげだぁぁぁ……!!」

俺は年甲斐にもなく、わんわんと泣いた。いいよね？　今、俺……幼女だし!!

ティファ姉がキュッ……と少し強く抱きしめてくれる。彼女も泣いていた……ビビッド兄も目を赤くしている。気が付けば……朝日が俺達を優しく照らしていた。

ここに、俺達の戦争はひとまずの終わりを迎えたのだった……。

決戦から三日後……


勇者の凱旋パレードが行われていた。

民衆の歓喜の声に迎えられる、タカアキ達勇者パーティー。

出発前より凛々しくなった様な気がするタカアキ。

その隣には、我等がおっぱい……もといエレノアさんの元気な姿が！　よかった！　本当によかった！　無事に帰ってきてくれて！

ついでに、アルのおっさんもいる。転生チートも当然いた。


俺達は治療所の窓からパレードを眺めていた。

現在俺達は、残った負傷者達を治療中である。パレードを生で見たかったが、負傷者をほったらかしてまで見る気は起きない。他の仲間も同じようで、せっせと治療に勤しんでいる。

デイモンド爺さんは、今朝ようやく目を覚ました。

その知らせを受けた俺達は、デイモンド爺さんのいる部屋に急いだ。

部屋はヒーラー協会の二階だ。……結構距離あるな⁉　ぜぇぜぇ！

俺は部屋のドアを十六連射して、問答無用で突入した！

部屋の中には、ベッドの上で上半身を起こしたデイモンド爺さんと、看護していたエミール姉がいた。

「聖女様……？　わしは生きているんですかい……？」

「デイモンド爺さん！　よかった！　目を覚ましたんだな！」

ようやく……仲間全員が揃った！　これでようやく……。

「ようやく、お祝いパーティーができますね？」

「エミール姉……自重」

「えへへ……」と、ちろっと舌を出して可愛く誤魔化してもダメだ！　俺の台詞を奪った罪は重いぞ⁉　覚悟するがいい！

俺はエミール姉のお腹の肉を、ぷにぷにしてやった！　ぷにぷに！

「ひややややや⁉　このテクニックは……まさかっ」

そのまさかだ！　ディレ姉に教わった、対エミール姉撃退スキルよっ‼

「ほらほらほら……ぜぇ、ぜぇ……これ、スッゴイ疲れる」

「……もっと、ぷにぷに……してもいいのよ？」

うおぉぉぉぉっ⁉　なんという邪悪な顔！　おのれぃ！

「ふふふ……楽して脂肪が落ちる。我ながら見事な知略ね」

「くそぅ！　先生！　先生‼　出番です！」

俺はすかさず、切り札を投入した。

「くひっ……くひひひひひひ！　あらぁ？　こんなところに肉団子が？」

「げぇっ⁉　ディレジュ先輩！　何故ここに⁉」

デイモンド爺さんが目を覚ましたって情報は、何も俺だけが聞いてたわけじゃない。

その場にいた、俺、ビビッド兄、そして……ディレ姉が聞いていたのだ！

「ふふふ……甘いぞ！　エミール姉！　かくご～」

流石のエミール姉のお肉も、ディレ姉にかかれば……ちょろいもんよ！

酷く奇妙な断末魔を上げて、エミール姉は撃沈した。

「名誉の戦死を遂げたエミール姉に敬礼！」

びしっ！　とその場にいた俺達は敬礼した。

「し……しんでないもん……がく」

俺は急いでエミール姉の元に駆け寄り……脈を調べる振りをして……、

「エミール姉！　死亡確認！」

と言った。

俺はチラッと、デイモンド爺さんを覗き見た。デイモンド爺さんは笑っていた。

よかった……笑う元気が戻れば大丈夫だろう。

「デイモンド爺さん！　寝過ぎて腹が減ったろう⁉　桃先生を奢ってやろう！」

俺は手を突き出し桃先生を創り出した。

いつものように、手のひらに光が集まり……桃色の果実が現れる。

「疲れた体にこの一個！　桃先生！」

俺はできたての桃先生を、デイモンド爺さんに渡した。

桃先生は「ふぁいとぃっぱつ」と言っている気がした。

「これは……へへ、ありがたいことでさぁ。わし等がこの戦いを乗り越えられたのも、この『モモセンセイ』があったからこそ……本当に聖女様には感謝しとります」

それは俺も同じだ。桃先生がいなかったら……本当に、どうなっていたことやら……。

「ええ……その果物には、本当に助けられたわ……折れそうになった心を、何度その甘さで癒してもらったことか……」

ディレ姉の目に光るものがっ！　これは貴重だ！　カメラ！　カメラどこっ⁉

いっつも不気味に「くひっ！」って笑って怖がられてる彼女の泣き顔だぞっ⁉

「僕も……何度救われたか……」

ビビッド兄は、桃先生に救われ過ぎだろう。いったい何回倒れて、何個食べたか覚えてるのか？

預けた桃先生がなくなるかと、ひやひやしてたぞ⁉

まぁ……そのお陰で救われた命が、数えきれないくらいあるんだがな。

「私も～桃先生の味にめろめろですよ～！」

生きていたのか⁉　エミール姉！（失礼）

エミール姉の場合は……本当に倒れてたのか、ワザとなのかわからん節が……。

すっごい速度で桃先生を食べる彼女に戦慄を覚えた記憶が……。

でも、エミール姉もがんばったよ。えらい、えらい！（がんばったで賞）

「本当に皆よくやってくれたよ……ありがとう」

俺は心から皆に、感謝の気持ちを伝えた。


「ふぅ、デイモンド爺様も目を覚ましたし……いい方向に向かっている気がするな」

デイモンド爺さんの見舞いに行った後、こうして残った負傷者達をもりもり治療していたのだが……ここで見知った顔に出会う。

「へへっ……どうも！　約束どおり……生き恥を晒しに来ました!!」

あの、何度も死にかけていた兵士である。ちゃんと生きて戻ってきたのだ。

今回は右腕と左足の骨折ですんでいた。それをパパッと治す。

「いつ見ても、見事なもんですね！」

治療が終わった兵士は、嬉しそうに骨折していた腕や足を動かし具合を確かめた。

「それが仕事だ、あんたのやり遂げたことと同じさ……」

俺は兵士を抱きしめた。

「よく……生きて戻ったな」

「聖女様の……お陰ですよ」

こいつは十回もここに来たのだ、重傷の状態で。でも……一度たりとも、泣き言など言わなかった。凄い『漢』だ!!

「名前……聞いてもいいか？」

「ルドルフ・グシュリアン・トールフです」

覚えておこう、彼は愛すべきバカだ。絶望にもビクともしない、偉大なるバカだ！

それからも、見知った顔に会う。

会えなかったやつもいた。勇敢に戦い死んだというやつ。味方を庇って死んだやつ。不慮の事故で死んだやつ。挙げればキリがないほど……人が死んだ。

知ってるやつ、そうでないやつ。皆死んでいった。まったく、戦争ってやつは……!!

前の世界では情報だけの知識。でも今回は……当事者、直接の参加ではないが後方支援として戦争に参加している。

それでも戦争の悲惨さがわかってしまう。

「なんで魔王は、戦争を起こしたんだろうなぁ？」

俺にはわからない。わからない……。

昔の俺が、平和な時代に生を受けたからだろうか？　生まれた環境か？　両方だろうか？　わからない。もし俺にチート級の力があれば、何かが変わっただろうか？

「いずれにしても……俺は治療しか取り柄がないしなぁ……」

とりあえずは、負傷者達の治療に専念しよう。今できることをして、それから色々考えよう！

行き当たりばったりなんて、いつものことじゃないか！

「まあ……最後は食べることに結び付くんだがな……！」

「ふひひ！」とほくそ笑み……今後、自由時間が増え、ようやく露店に買い食いに行けるかもと期待する俺でありましたとさ。ぬわ～ん！　疲れましたよ、もう！


はい、どうも！

白エルフの幼女エルティナ五歳です。


遂に……この時が来た！　今日は念願の露店巡りの日である。

あまりにウキウキし過ぎて朝四時に目が覚めてしまった。遠足に行く子供状態である。

でも、午前中はきちんとお仕事します。はい。負傷した兵士達の治療は、一週間ほどかけて終了した。いやぁ……長かったなぁ。

あの修羅場からは想像できないほど、まったりとした雰囲気で治療が行われる。

これが本来の治療所なんや～！　と感慨深く思った。

それから、一般市民の方々も、チラホラと訪れるようになってきた。

じっちゃん、ばっちゃんの腰痛に、俺の『ヒール』がよく効くらしい……とのこと。

なんでも戦時中は、兵士の治療にヒーラーを優先的に回すため、市民の方々には我慢してもらっていたらしい。

エレノアさんに「けがした市民は、どうしてたんだ？」と訊くと……大聖堂の司祭達が、無償で治癒魔法を施しに行ってたらしい。

圧倒的に人数が不足して、デルケット爺さんまで駆けずり回ってたそうな。最高司祭なのに、がんばるなぁ……。

「本来なら私も、デルケット最高司祭のお手伝いをしなければならなかったのですが……本当に申し訳ないことをしました」

エレノアさんは、タカアキの手助けだから仕方がないよ……。

尚、デルケット爺さんは、走り回り過ぎて筋肉痛で寝ている。安らかに眠れ。

本当に、ヒーラー不足なんだなぁ……。

現在、この国のヒーラーはおおよそ百人程度らしい。

人口に対して少な過ぎやしませんかねぇ……マジで。お陰で死にかけましたよっ⁉

しかも王都にいたヒーラーは、協会ヒーラー二十人、司祭四人、そして俺。現役を退いた復帰組が七名であった。

冒険者の中にも隠し芸的な程度で使える人もいるが、擦り傷を治せる程度。

まあ……それでもいないよりまし……だったのでコキ使って差し上げたがな‼　使える者はだれでも使うぜ！　ぐへへ！

あとは、遠い地方のヒーラーが、散り散りに町や村に滞在している。

彼等まで招集すると、町や村が壊滅的なダメージを受ける可能性があるので、流石に呼べなかったらしい。

ですよね～！　そこにヒーラーが一人しかいなかったら、けがや病気治せないよ！

しかも遠い地方に赴任するヒーラーは、皆Aクラスの優秀な方々である。

Ａクラスでないと、病気を治せる魔法を使い難いからだ。Ｂクラスだと、一回使っただけでヘロヘロになるらしいね。俺はわからん。練習がてら連発してたから。

たぶん、未調整『ワイドヒール』よりはマシだろう。未調整『ワイドヒール』は、マジにヤバイから（白目）。

「……飲み過ぎだな！　酒は控えるべき！」

「お……俺に死ねと⁉」

ぷるぷる震えている、禿げのおっさんに「ならば死ぬがいい！　くらえぃ！」と言って『クリアランス』という治癒魔法を行使する。

『クリアランス』は高位治癒魔法で、ありとあらゆる状態異常を治す素晴らしい性能を誇る。が……その分、物凄い燃費が悪い。

その燃費の悪さは未調整『ワイドヒール』に匹敵する。今使ってる『クリアランス』は、俺用に調整した物だ。もちろん、消費魔力もガッツリ少なくしてやったぜ！　がはは！

「おだいじに～」

「ありがとうごぜぇました！」

このおっちゃんで午前の患者は最後だ。これで、今日の俺の仕事は終わりだ。

最後に患者の状態を紙に書き込む。カルテってヤツだ。

「お疲れ様ですエルティナ様。今日は、お出かけの日でしたね？」

と、患者と入れ替わりでティファ姉が入ってきた。午後の治療は、彼女が担当である。

おおぅ、緑色の髪をポニーテールにしてる。

これだよこれ！　男のポニーじゃなく、女の子がしてこその、ポニーテールだ！

うひょう！　堪らん！　尚、自分がポニーテールにしても、何も面白くない。

「髪型変えたんだ？」

ティファ姉は、今まで腰にまで届くロングヘアーだった。

それも良かったが……ポニーテールにすると印象変わるなぁ……。

「はい、似合います？」

にっこり笑ってそう訊いてきたので「似合う」と言ってパチパチ拍手してあげた。

俺のテンションは、うなぎ上りだぜ！　ひゃっはぁ!!

「ありがとうございます。嬉しいな！」

満更でもないようだ。ティファ姉の、笑顔がまぶちぃ！

そこに今度は我らが、おっぱぉ……エレノアさんがやってきた。

お……もう、そんな時間か!?

「エルティナ様、そろそろお時間ですよ？」

「今着替えてくるっ！」

ダバダバ～と、駆け足で自室に戻って着替える。

今着てるのはデルケット爺さんから貰った聖女用の服だ。女性司祭の服を子供用にあつらえた物らしい。白を基調とし金の装飾を施された豪華な服だ。

別にこれでもいいが、白なので汚れると目立つので……初代からいただいた、あのピンクの魔法使い風の服を着る。緑色のローブを羽織って完成！

……パンツは履いてるよ!?　エレノアさんが買ってきてくれたさ！

やっぱり見えてたらしい……お尻とか女の子の部分とか。今、俺はクマが刺繍された、クマちゃんパンツを身に着けている！

「意外にお気に入りだ」というのは内緒な！　俺との約束だ!!

「おまたせしたんだぜっ！」

行こうぜ！　と、エレノアさんを急かす。待ちに待った露店巡りである。

今や俺の興奮ゲージは、MAXを超えてゲージを破壊している。バリバリッ!!

「でも、その前に……」

と、日常魔法『ヘアメイク』で、俺の伸ばしっぱなしの長い髪をおさげにまとめ上げる。女性には必須ともいえる魔法だそうな。

手で行うより断然早い上に、髪がほとんど傷つかない。属性は風魔法で、おさげやお団子ヘアーにする時等にも、便利な魔法だそうな……。

練度が上がると凄い髪型にもできるらしい。今度練習でもしてみるか……？

「では行きましょうか？」

俺達は手を繋ぎ、街へとお出かけしたのであった。

そこは……大勢の人でごった返していた。

露店がひしめき合い、珍しい商品が所々に並び、美味しそうな食べ物の匂いが辺りに充満する。

「うおぉぉぉ……露店だぁ！」

プルプルと体を震わせ、感動する俺。

「今日も賑わっていますね。これもエルティナ様達が、がんばった結果ですよ？」

エレノアさんが、笑顔で俺達の努力を労ってくれた。うれちぃ！

俺がフィリミシアに来て結構経つが……ようやく露店に来ることができた!! アルのおっさんに手を引かれ、ここを見て以来……ここに来ることが、俺の目標だったのだ！

それが今！ 実現している！ 俺はやったのだ！ ひゃっほう！

さあ、何を食べようか？ あの串にするか？ お、あのハンバーガーっぽいやつも美味そうだ!! お肉たっぷりのサンドイッチも良さそうだぞ!?

……ぶっ!? ラーメンまであるのか!! どうなってんだ？ ここの食事事情!?

「……犯人はやつか!?」

……思い当たる節があった。

あの転生チートが、何かやらかしたに違いない……あるいは、過去に何度も勇者が呼ばれてるらしいので、彼等が伝えたという可能性だ。

まあ、それはいい。今の問題はどれを食べるかだ。オレの胃袋事情では、一品食べただけで満腹になるだろう。でかいのだ、どの食べ物も！

串もゴロゴロとでかい肉が刺さっているし、ハンバーガーも、俺の顔が隠れるほどのでかさだ！

しかも、お値段リーズナブル！　冒険者と一般市民の味方だ！

「……これはなかなかの試練だな⁉」

受けて立ってやろうじゃないか！　まずはおまえだ！　ハンバーガー‼

俺はエレノアさんに「ハンバーガーを買ってくれ！」と言いお金を渡す。

そして……俺の手にハンバーガーが渡される。

「でけぇ……」

でかぁぁぁぁぁぁい‼

牛肉だろうか？　分厚いハンバーグにケチャップがどっぷりとかけられており、そこに玉ねぎの輪切りが三枚挟まっている。

「ははは……お嬢ちゃんに食べきれるかな？　ここのは冒険者用に作った食べ物だから……全部ボリュームタップリだからね？」

人の良さそうな店主のおっちゃんが自慢げに言った。

「完食してみせるさ！　いただきむぁす‼」

俺はハンバーガーに挑戦した！

厚いハンバーグからは、肉汁が溢れケチャップの酸味と良く合う。少量のマスタードが味を引き締める。……やるな⁉

薄切りのピクルスも入っていた……八枚もだ！　流石にデカいだけあって、ピクルスの量も多い！　実は俺はピクルスが好きだったりする。

だれだっ⁉　ピクルス抜き取って、ハンバーガー食べてるやつは！　俺にくれっ！

ふむふむ……玉ねぎの辛さも良い塩梅である。

バンズも肉と調和がとれていた。あ、これ重要な？　肉だけ良くてもパンだけ良くてもハンバーガーとしては成立しないのだ！（確信）

なるほど……これだけでかくても、完食することができる絶妙な美味さである。

「はむっ、むしゃ、んぐんぐ……ごくん！　はむっ……」

まあ、半分エレノアさんに食べてもらったんだけどね！

美味いけど五歳には無理だったよ‼　げふぅ！

「……次は勝つぞ‼」

びしっ！　と捨て台詞を言って、露店を後にする。

「またおいで〜」と、優しく手を振るおっちゃん。俺も手を振って別れた。


今日は満足だった。

やはり……この世界は食べ物のクオリティが、元いた世界とは段違いであった。

食材のレベルが違う。特に野菜だ。ここでは無農薬なんて当たり前だし、環境汚染なんてものもない。しかも、農家の方々も一切手を抜かないらしい。マジぱーふぇくと！

向こうにも、あるにはあるのだろうが……値段が高過ぎる。こっちは安い上に美味いのだ。

まだまだこの世界には、美味い物が溢れてるのだろう。

俄然やる気が出てきた！　まずは、ここの露店街の食べ物を制覇する！

そして、大きくなったら世界に飛び出すのだ！　そのためには貯金！　力！　知恵が必要だ‼

そのために、俺は今日も自室でトレーニングを積む。武器を使った練習も始めた。

明日のために……打つべし！　撃つべし！　ぽひっ！　ぷひっ！

「こら！　エルティナ！　部屋で暴れるな！」

……スラストさんに怒られた。

流石にここで武器の練習は控えたほうがいいか……しょぼ～ん。

そんなこんなで、露店巡りの日々が始まったのであった。

さあ、明日はどれを食べようか？　ウキウキしながら俺はベッドに潜り込んだ。

ふきゅ～ん……ふきゅ、ふきゅ………。

夜食　食いしん坊の白エルフ

初めての露店巡りから、三ヶ月が過ぎた。

「おっ？　来たね、食いしん坊ちゃん！」

露店のおっちゃん達にも、顔馴染みが増えてきた。露店に通うこと三ヶ月！　色々な食べ物、露店を制覇していった!!　俺のその姿を見て、だれかが言った。「食いしん坊エルフ」と……。

それ以来、俺の通り名は『食いしん坊エルフ』だ。

聖女様よりは、呼ばれても気にはならないのでむしろありがたいくらいだ。聖女様って呼ばれるのは何か……こそばゆい気持ちになる。

「今日は……ラーメンだな！」


お目当ては新作の『とんこつラーメン』である。

ようやく納得できる味になった！　と、禿げた頭をタオルで巻いた店主のおっちゃんが言った。その顔はとても、自信に満ち溢れていた。

「おまちっ！」

美味しそうな乳白色のスープに、黄色い麺と豚バラのチャーシュー!!

刻みネギに紅生姜が添えられた、とんこつラーメンがテーブルに置かれた。

スープの白、ネギの緑、紅生姜の赤……とても綺麗で、美味しそうである。

「いただきますっ!!」

俺は箸で食べる。保護者として同伴したエレノアさんは、フォークとスプーンでクルクル巻きながら食べていた。箸は、やはり難しい食器具らしい。

「聖女様は器用ですね」と褒められたものだ。えっへん。

「ずず……ごくん！　ずぼぼぼっむぐむぐ……」

まずは、スープを味わう。スープこそが、ラーメンの命であるからだ。

こってり濃厚な、とんこつスープ。臭みはない……旨みだけを残して、臭みを取り除いたのか。良い腕だぁ……。

麺も細いストレート麺、好みの細さだ。喉越しがいいので、いくらでも食べられそうだ。

豚バラのチャーシューも、トロットロになっていて口の中でトロける。官能的な舌触りだ！　ネギや紅生姜も、アクセントになっていて完成度は高い。

「んまい!!」

満面の笑みでおっちゃんに言った。

おっちゃんは満足げに頷く。その眼には涙が浮かんでいた。

「苦労した甲斐があったってもんだ……」

俺の「んまい!!」が引き金となり冒険者達が押し寄せてくる。

ここ最近の流れであった。

「とんこつラーメン！　大盛り!!」

「こっちもだ！　三人前!!」

おっちゃんは嬉しい悲鳴を上げた。その日の売上は過去最高だったそうな……。


さて、今日は……まる一日お休みの日である。

時間は午前八時。

どのように過ごそうか……考えてると、ドアがノックされた。

「どうぞ～」と、お客を招き入れる。

エレノアさんと、ミランダさん、ティファ姉だった。

「今日は一日……お休みでしたね？」と、エレノアさんが訊いてきた。

「そうだよ～」と、伝えると……、

「でしたら……エルティナ様の服を買いに行きましょう！　そうしましょう!!」

と、爛々と輝く瞳で俺を見つめる。笑顔が怖過ぎる……！

ヤバイ！　獲物を見つけた肉食獣の目だ!!　俺は本能で察した！

「自由への逃走!!」

俺はドアに駆け出す！

ぼふっ、と眼前に柔らかい乳房があった。エレノアさんの、エロいおっぱいである。

「なん……だと……!?」

ドドドドドドドドドドドドドド……!!　と、効果音が鳴ってる気がした。

確か、ドアに駆け出した時……俺の後ろにエレノアさんがいたはず！

なのに、気付いた時には……俺の目の前に、エレノアさんがいた！

夢とか錯覚とかじゃねぇっ！　もっと恐ろしいものの片鱗を味わったぜ……!!

「知らなかったのですか……？　お買い物からは、逃げられません……！」

こぇぇぇぇ！　女こぇぇぇぇぇぇぇぇぇぇっ!?

結局……両手をエレノアさんとティファ姉に繋がれ、商店街に連行された。

ドナドナ、ド〜ナ〜ド〜ナ〜……（哀愁）。

例の歌が頭にエンドレスで流れた。今……俺は泣いていい。

やってきました商店街。

立派な建物がそこいらに立ち並び、買い物客で賑わっている。

お洒落な喫茶店もチラホラ。露店街とは違い、客層も上品な方々である。

「さ、着きましたよ〜」

と、ニコニコしながら一軒の小さな店の前に立つ。

『衣服エレガントチルドレン』という名前の店だった。……嫌な予感しかしない。

俺達は店の中に入っていった。これが、地獄への入り口ってやつか……!?

店内には、色取り取りの衣服が展示されていた。

子供服専門店だけあって、子供達が飽きないように、所々にぬいぐるみや玩具が置いてあるのが印象的であった。店内の装飾も色々カラフルで見ていて楽しい。

俺達は、お目当ての服があるコーナーへと進んで行った。

「……これが俺の拷問道具達か⁉」

えらい数の子供向けの服達。靴も置いてある。セットで買って行く人も多いそうだ。

ヒラヒラが付いたスカートやでかいリボンやら……動物の着ぐるみまであるな。

待て、待て⁉　なんで子供用のバニースーツまであるんだよ⁉　おかしいだろ⁉

ナ……ナース服までっ⁉　巫女服もありやがるっ⁉　とんでもないレパートリーの子供服だ！

どんだけ子供服に情熱注いでんだこの店⁉

「では……早速、試着していきましょうか！」

はぁはぁ……言いながら手をワキワキさせ、にじり寄ってくる女性陣。

俺の知ってる彼女達じゃねぇぇぇぇぇっ‼

それから俺は、取っ替え引っ替え服を着せられた。

「あはは、可愛いですよ？」とティファ姉。

「にゃ～ん」と俺は鳴いた。

俺は猫の着ぐるみを着せられていた。……着心地は地味に良かった。

更には黒いゴシックドレスや白いドレス、動きやすい水色のワンピース……。

何故かある和服……十二単とか狂気の沙汰だろ⁉　一人で日常生活できんわっ‼
とどめに、バニースーツも着せられた。
着せ替え人形だって、はっきりわかってしまった‼　びくん、びくん！（白目痙攣《けいれん》）
俺が釈放されたのは、結局お昼過ぎだった……。

服選びが終わり、これで終わりだと……いつ錯覚していた⁉

今度は、御洒落道具の買い物である。

俺は櫛すら持ってない。面倒臭いし、いつも手櫛で済ませていた。

それはいけないと、女性陣は身支度用の小物が置いてある店に俺を連れて行った。

「魔法で済ませればいいのでは？」と言ったが……細かいところは、やっぱり人の手でなければいけないらしい。こだわるなぁ……。

やはり、男と女は別の生き物だな……と感じた。あ、今俺も女だ……忘れてた。

ははは……はぁ、男に戻りたいぉ……。

さて、やってきました御洒落道具店『ミルキーラブリー』……店名どうにかならんのかね……？

お構いなしに、店内に入って行く。すっげぇ数の櫛が、店内に展示されていた。

種類も半端じゃない。長髪用に癖っ毛用とか……獣人用もある。

何でもあるなぁ……と感心していると、エルフ用って書かれた白い櫛を見つけた。

俺はそれを手に取ってみる。

「こ……これは⁉　馴染むっ！　馴染むぞぉぉぉぉ……！」

何故か馴染んだ。理由はわからん。

俺はこれが気に入ったので、購入しようと持って行ったのだが……

「金貨五枚になります」

「たけぇ⁉」

ぐぬぬ……と財布と睨めっこする。

現在の俺の全財産と同じだ。明らかに服の買い過ぎである。

「我慢するか……しょぼん」

俺はそっと、櫛を元あった場所に戻した。

いつか……お金が貯まったら買いに来よう……そうしよう。

結局、手頃な値段の櫛と手鏡、香水や髪を束ねる髪留め等の小物を購入。

これでも最低限なんだそうな。女は金かかり過ぎだぜ……！

店を出る頃には既に夕暮れ時。

エレノアさんやミランダさん、ティファ姉はとてもご満悦だった。

普段見れない俺の姿を、たっぷり鑑賞したからだ。逆に俺は、げっそりしていた。

外見は幼女でも、中身はおっさんなのだ！　精神的ダメージが大き過ぎるぜっ！

まぁ……日頃、お世話になっている彼女達が楽しかったのであれば、それでよしとするか……とか思って四人で帰路に就く。

夕焼けを背中に背負い、エレノアさんとティファ姉と手を繋ぎ歩く。傍らには、ミランダさんがニコニコしながら歩く。

この関係がいつまで続くかわからないが、今はそれでよしとする。

今……俺は幼女である、エルフとはいえ成長が遅いわけではない。……と思う。

現に身長も伸び、着られなくなった初代の服は、フリースペースに大切に保管されている。

体の成長の速さは人間と同じである。……本当か？　あんまり大きくなってないような気が……。

成長しきると人間とは違い、老化しなくなるとのこと。あと十年もすれば、彼女達に身長も追い付くだろう。その時はどういう関係になってるのやら……まぁ、深く考えてもわからん！　その時はその時！　そう考えながら今の幸せをかみ締め……歩く俺だった。

夜食おかわり
エレノアさんとお風呂

ひゃっほい！　皆？　元気してる!?

俺は元気！　超元気!!

てなわけで、妙にテンションが高い俺であるが……これには理由があるのだよ！

時間は夕暮れ時……ヒーラー協会を訪れる患者さんの治療を終えた俺は、ウキウキしながら自室に戻った。んん～！　興奮が抑えられない！

「はい！　注目!!」

俺以外……だれもいない自室で手をパンパンと鳴らし注目を集める。

……あ、窓に青色の小鳥達がとまって俺を見ている。

確か、こいつ等は……モーニングバードっていう名前だったはずだ。この世界には雀はおらず、代わりにこいつ等がそのポジションを担ってた。

が……鳴き声は「チュンチュン！」ではなく「チュチュ！」である。

……不完全燃焼すぐる。まあ、この際……君達でもいいか。

「実は、今日……エレノアさんとお風呂に入る！」

「ちゅちゅ!?」

……驚くのか。乗りがいいな、君達は……。

「ふふふ……楽しみだぁ、エレノアさんは服の上からでもわかるほどの超エロい肉体を持っている！

おぉ……エロい、エロい！」

手をワキワキさせて、淫らな表情になる俺。だって、エロゲーでしか見られないような……超絶

ボディが拝めるんだぜ⁉　興奮が止まらないだろう⁉

「ちゅちゅ！」

「ふ～！　わかってる……急いては事を仕損じる……だろう？」

俺はモーニングバード……えぇい！　ながいわ！　今から君達の名は『もっちゅ』だ！

「OK！　もっちゅ達よ……俺は冷静だ！」

「ちゅちゅ！」

……割と名前はどうでもいいらしい。

それとも、俺の命名した名前を気に入ってくれたのか……？

「俺はこの、ミッチョンを完遂する覚悟がある！」

「ちゅちゅ⁉」

……止めてくれるな！　もっちゅよ‼　俺は命を懸けて……お風呂に臨む！

「死して屍、拾う者なしだ！」

「ちゅちゅ……」

泣いてくれるな……もっちゅ達よ！　決意が鈍る……！

「よし……作戦を成功させるために、イメージトレーニングを開始しよう！」

「ちゅちゅ！」

俺は、訓練を開始した！

「まずは、相手に悟られないように冷静に服を脱ぐ！」

「ちゅ！」

俺は、着ていた聖女の服を脱ぐ。ぬぎぬぎ……。

「更に！　おパンツも冷静に脱ぐ！　ここで気付かれては……いけない！」

「ちゅちゅちゅ!!」

そう！　ここでバレたら、今までの苦労が水の泡だ！

「エルティナ様、そろそろ……お風呂に入りましょうか？」

「ひゃぁぁぁぁぁぁぁぁんっ!?」

びっくらこいた!!　ビビり過ぎて、変な叫び声を出してしまった。はずかちぃ！

「も……申し訳ありません。ノックはマナーだと思ったが、そんなことはなかった！」

「んもぅっ！　ノックはマナーだと思ったが、そんなことはなかった！」

ぷりぷり怒る俺に……でも、エレノアさんは微笑ましい顔で俺を見ていた。

優しい笑顔、優しさが留まることを知らない！　……女神か!?

「ふふ……すみません。エルティナ様の可愛らしい姿に……つい」

俺の姿？　わぁお！　俺、全裸!!

森にいた時と同じ格好になっていた。なんだか久しぶりの格好だぁ……。

「いやぁん！　エッチ！」

くねくねと、体を捩じらせ……おどける俺。クスクスと笑う、エレノアさん。

「さぁ、体が冷えないうちに、お風呂に入りましょう」

「うん、そうしよう」

ここは素直に従う。

実は俺……お風呂大好きなのだ！　元いた世界でも、半身浴で一時間余裕でした。

清酒があれば尚良し！　つまみは炙ったイカでいい!!

……でも、今はお酒が飲めないっ！　……しょぼんぬ。

さて！　いよいよお風呂タイムだが……既に、装備は整えてある！

着替えの衣服に……竹で作られた水鉄砲！　風呂に浮かべる、鳥さんにカエル君！

ふふ……完璧じゃないか！　これで俺は、あと……十年戦える！

「あら？　準備万端ですね？　それでは行きましょうか？」

「うん！　行こう!!」

俺とエレノアさんは、浴場へと向かった。……全裸のままで！

俺、全裸だけど気にしない……気にしない……。

ＯＫ！　風呂場は目の前だ！　が……ビビッド兄に、発見された！

「ははは、お風呂かい？　ゆっくり温まるんだよ？」

あぁん！　ビビッド兄に笑われた！　はずかちぃ!!

……アクシデントはあったが、無事に浴場に到着する。

「お風呂に突っ込め～」

「ちゅちゅ！」

……もっちゅ達も、何故か付いてきていた。まぁ、いいんだけどさ。

ヒーラー協会に設置されているお風呂は、チート転生者のフウタが作った物らしい。

どうりで、便利にできているわけだ。

追い焚き機能完備。シャワーも設置されている。その他、泡風呂、薬湯、寝風呂、階段を上がって上に行くと露天風呂まである。……おまえは何者なんだ？　フウタさんや……？

俺のお気に入りは……普通のお風呂だ。

こじんまりとした浴槽のやつ。でかいと解放感があるが……落ち着かない。

小さい方が、何故か落ち着くのだ。

……温泉に行っても、角で落ち着くのはきっと……このせいだろう。……間違いない!!

俺が風呂について熱く考えていると……遂にエレノアさんが、服を脱ぎ始めたではありませんか！　エレノアさんが……エレノアさんが服を脱ぐぞぉ!!

一部始終を脳にメモリーして差し上げろ！　脳内の俺達に、急ぎビジョンをメモリーするように伝える。主導はもちろん、俺Hだ。

俺H「準備はどうか？」
俺A「映像映ります！」
俺B「準備万端だZE！」
俺C「恥ずかしくないのか？　俗物共め！」

若干、俺Cが正義風吹かしているが……問題ない！
しゅるしゅると衣服を脱ぎ綺麗に畳む。そこには下着姿のエレノアさんが！
純白の下着に身を包んだ姿！　おぉ……まぶちぃ！
俺H「ふ……勝ったな」
俺A「本体の『興奮レベル』七十五％に達しました」
俺B「下着でこれかYO⁉」
俺C「……」
あ～！　ブラに手をかけた！　……そして、現れる！　二つの、たわわな乳房！
そう！　僕らのおっぱい！　その先端は、桃先生と同じ桃色！
……とっても、綺麗だぁ。
俺H「どうしたことか⁉　『興奮レベル』が落ちているぞ⁉」
俺A「美し過ぎて……邪気が抜けていきます！」
俺B「おっぱいは……神聖なんだZE！」
俺C「芸術的だな」
おパンツも脱ぎ、一糸まとわぬ姿になったエレノアさん。ムダ毛などない！　何処にも！　……下の毛もない!!　美し過ぎるっ！
俺H「これが……女神か⁉」
俺A「本体の『興奮レベル』五％……きわめて平常です」

俺B「ひゅ〜！　ビューリFO！」
俺C「ふ……やっと、気付いたようだな？」
そう！　エレノアさんは、邪な目で見ては……いけなかった！　俺の目の前に現れたのは……女神だったのだ!!
これにて、メモリーを終了する！　作戦、ご苦労だった！

エレノアさんと浴室に向かう。

扉を開けて浴室に入ると、暖かい湯気が俺達を迎えてくれた。

いち早く中に入ったもっちゅ達は……いきなり風呂に浮かんだ。

……あぁ、浸かりはしないで浮いて温まるのか。目を瞑り、ウットリとしている三羽のもっちゅ達。

俺はまず、お湯で体の汚れを落とす。……基本だな!?

続いて手拭いに石鹸を付けて……ゴシゴシ身体を擦って差し上げろ！

ゴシゴシゴシ……！　ワシャワシャ……！

「あぁ……!?　いけませんよっ!?　もっと、優しく……撫でるようにして、丁寧に洗わないと……ヒリヒリしてしまいますよ？」

「なん……だと？」

どうりで、お湯に入った時にヒリヒリするわけだ。

男の時の感覚で体を洗っていたからか？　言われたとおりに、優しく丁寧に体を洗う。

……ゴシゴシしたい。でも、それをするとヒリヒリするから我慢だ！

次に頭を洗う。

お湯を頭にかけて……石鹸でゴシゴシ洗う。

「あぁ……ダメですよ！　折角の綺麗な髪が、傷んでしまいます！」

「なんですと～⁉」

なんということだ！　これもダメだったのかっ⁉

「もっと丁寧に、優しく扱ってくださいね？」

エレノアさんに言われたとおりやってはみたが……上手くいかん！

こう見えても、元男！　できるわけ……ないです！　はい！　こうなったら……。

じっと、エレノアさんを見る。

じ～～～～～～～～～～～～～～……。

クスクスと困った顔で笑うエレノアさん。結局、髪を洗ってくれることになった。

……ふ、計画どおり！

俺の髪を、丁寧に優しく洗い始めるエレノアさん。

……はぁん！　気持ち良い‼

プロ級の腕前ですな！　気持ち良過ぎて寝ちゃいそうだ！　……イカンイカン！　寝るな！　やり方を覚えろ！

うとうとしながらも、なんとか洗い方を覚える。ふぅ……危なかったぜ！

……しっかし、女は面倒だなぁ。女の人が、男に生まれたかった……て言うのがわかった気がする。

「はい、終わりましたよ？」

「ありがとう、勉強になったぜ！」

にっこりと笑う俺。嬉しそうに微笑むエレノアさん。

ピカピカになった俺は今、とっても輝いている（確信）。

「ぴかー」

万歳のポーズで台詞を決め、満足する。

ふぅ……これで儀式は終わった。温まろう！　そうしよう！

お湯に浸かろうとしたところで、エレノアさんに止められる。

「髪の毛をタオルで巻いてから、入りましょうね？」とのこと。

うむ、折角……綺麗になったのに、汚してしまうところだったな。気を付けよう……。

エレノアさんの巻き方を参考に、自分でやってみた。……こんなもんかな？

完成がどんなものか、据え付けの鏡を見てみると……、

「とぐろを巻いた、う〇ちみたいだった」

思わず、口に出てしまった。クスクスと笑うエレノアさん。

「とりあえず、お湯に浸からなければ宜しいですよ？」とのこと。

そのうち……上手くなるだろう。今はこれでいいや！

改めてお湯に浸かろうとする。

まずは、片足をお湯にちょんちょんと付けて温度チェックだ。これを怠ると、酷い目に遭う。ここはよく、お年寄りも利用するから温度が高めになっている時がある。

……気を付けろ！（三敗）

「よし……いける！」

うんうん、と頷きトプン！　とお湯に入る。

温かいお湯が、冷えた体を芯から温めてくれる。……ぽかぽか。

「ふぃ～良い湯だぁ……」

目を瞑り、お湯を満喫する。……ちゃぷんと音がする。

エレノアさんも入ってきたみたいだった。

「ふおぉぉぉぉぉ……」

目を開ければ、お湯に二つの巨大なおっぱいが浮いていた。……本当に浮くんだな。

「ふぅ……良いお湯ですね？」

「うん、これは良いものだぁ……」

俺はお湯と、目の前の魅力的な物体の……二つの意味を込めて返事をする。

暫くは、お湯の温かみを満喫する。だが、ここはやっておかなければ……ならないだろう！　そう……！　おっぱいに突撃するのだ！　すてんばーい、すてんばーい……ごっ!!

俺は、ぷかぷか浮いていた、おっぱいに抱き付いた。

「きゃっ!?　どうしましたか？　エルティナ様？」

少し驚いているエレノアさん。そこまで嫌がってはいないようだ……だったらいけるぜ！

「そこに、おっぱいがあった。触ってみないといけない……という使命感に動かされた」

なんとも、よくわからん言い訳をしたがエレノアさんは笑っていた。

トクントクン……と、心臓の音が聞こえる。……あ、なんか……すっごい落ち着く。

なんだろう？　昔……だれかにこうしてもらってた気がする。

懐かしいのに、思い出せない……もどかしい。

「エルティナ様？　……泣いているのですか？」

「え？」

うをっ⁉　気付かんうちに泣いてる⁉

「……気のせい」

「……そうですか？」

エレノアさんが俺を抱きしめてくれた。俺もエレノアさんに抱き付いた。

もっちゅ達は、俺が巻いたとぐろの上で休んでいた。

なんとも、穏やかな時間が過ぎていったのだった……。

「ふにゃ～……」

「エ……エルティナ様っ！　お気を確かにっ⁉」

そして……俺はのぼせた！　色んな意味で！

……仕方ないね！

あとがき

初めまして、なっとうごはんです。この度は『食いしん坊エルフ』をお手に取って頂き、ありがとうございます。本作は、気付いたらエルフの幼女になっていた、少しエッチで食いしん坊なおっさんの成長物語です。また、主人公の口調ですが、性転換物のお話で、性転換先の性別に口調を合わせている主役が多かったので、それに反逆した結果……この珍獣ができあがった次第です。どれだけ成長しても、体が女らしくなっても口調は男のままです。だって中身がおっさんなんだもの。仕方がないね！

いやぁ、まさかこの作品が書籍化とは夢にも思ってませんでした。だって、マニアック過ぎるから！　でもまぁ、折角ＴＯブックス様の御誘いだったので、二秒ほど考えてお受けしました。書籍化までに、ご指導頂いたＴＯブックス様と、担当様には感謝が絶えません。

また、お忙しい中、綺麗で可愛くエロい人物を描いてくださった『らむ屋』様には、とても感謝しております。

次の巻は学校編なので、登場人物が多いですが、がんばってくださいね（ゲス顔）。

最後にこの本をお手に取ってくださった皆様に、珍獣共々、最上級の感謝を捧げます。

では、次巻でまたお会いしましょう。

美味しい食べ物も
盛りだくさんです❤
次の舞台はまさかの学園。
珍獣が同級生からモテモテに!?
まいう〜♪
「食いしん坊エルフ2」
3月25日発売!

TOブックス
II 蜂蜜の月
の笑顔のために
を作るんだ！
ファンタジー！
http://www.tobooks.jp/sweets
シリーズ続刊予定！

I
アップルパイは笑顔と共に
おかしな
転生
著 古流 望
イラスト 結賀さとる
みんな
お菓子
王道スイーツ

Umidori Aono
青野海鳥
Illustration miyo.N
TOブックス
Yotogi no Kuni no Gekkouhime
夜伽《よとぎ》の国《くに》の月光《げっこう》姫《ひめ》
抱腹絶倒の
シンデレラストーリー！
大国の存亡は
このお姫様《おっさん》に託された。
第1巻・第2巻
好評発売中!!

俺のペットは聖女さま
My pet is a holy girl
ムク文鳥
Muku-Buncho
イラスト：カスカベアキラ
飼っていたインコと、
異世界で新婚生活!?
聖女と共に歩む
純愛ストーリー！
好評
発売中！
TOブックス

食いしん坊エルフ

2016年2月1日　第1刷発行
2016年4月1日　第3刷発行

著　者　なっとうごはん

発行者　深澤晴彦

発行所　TOブックス
〒150-0045
東京都渋谷区神泉町18-8　松濤ハイツ2F
TEL 03-6452-5678(編集)
0120-933-772(営業フリーダイヤル)
FAX 03-6452-5680
ホームページ　http://www.tobooks.jp
メール　info@tobooks.jp

印刷・製本　中央精版印刷株式会社

ISBN978-4-86472-454-8